U0917004

乌蒙山的月亮

阿哲鲁仇直◎著

图书在版编目（CIP）数据

乌蒙山的月亮 / 阿哲鲁仇直著．-- 北京：中国文联出版社，2017.8

ISBN 978-7-5190-2970-8

Ⅰ.①乌… Ⅱ.①阿… Ⅲ.①诗集—中国—当代 Ⅳ.①I267

中国版本图书馆 CIP 数据核字（2017）第 200617 号

乌蒙山的月亮

作　　者：阿哲鲁仇直

出 版 人：朱　庆
终 审 人：奚耀华　　复 审 人：蒋爱民
责任编辑：胡　笋　贺　希　　责任校对：傅泉泽
封面设计：中联华文　　责任印制：陈　晨

出版发行：中国文联出版社
地　　址：北京市朝阳区农展馆南里 10 号，100125
电　　话：010-85923039（咨询）85923000（编务）85923020（邮购）
传　　真：010-85923000（总编室），010-85923020（发行部）
网　　址：http://www.clapnet.cn　　http://www.claplus.cn
E-mail：clap@clapnet.cn　　hus@clapnet.cn

印　　刷：三河市华东印刷有限公司
装　　订：三河市华东印刷有限公司
法律顾问：北京天驰君泰律师事务所徐波律师
本书如有破损、缺页、装订错误，请与本社联系调换

开　　本：710×1000　　1/16
字　　数：248 千字　　印　张：15
版　　次：2018 年 1 月第 1 版　　印　次：2018 年 1 月第 1 次印刷
书　　号：ISBN 978-7-5190-2970-8
定　　价：46.00 元

月亮依旧在梦里（序）

阿诺阿布

诗歌从大众走向小众，从民间走向书斋，最后沦为一种把玩，这似乎是诗歌必然的命运。

之所以这样说，是基于这样一个经典的前提，即，诗歌产生于劳作。中国是一个文明古国，同时，中国也是一个文化大国。几千年来，农耕一直是中国的立国之本，农耕文化也一直是中国文化的重要特征及发力点。直到进入半信息和信息时代，这一基本国情才有所改变。具体表现到诗歌方面，那就是诗歌和劳作的分离。直白地说，今天的诗歌已经不再伴随和依附劳作。除了其文化符号本身所蕴含的意义，事实是，诗歌的确已经独立成为一种技艺，一种表达工具，并且直接沦为一种低于生活的方式。凡有文字处即有诗歌，这大抵是柳永他们当年无可想象的。这种汗牛充栋的繁荣，造成了世间诗人泛滥成灾，诗歌铺天盖地的现状。另一方面，今天的诗歌几乎穷尽了中文的所有表达，从暴力到骂街，从洪荒到性器，诗歌仍然避免不了它走向小众的恶运。而当今大多数诗人，都参与了这一恶运的制造。

幸好，有这么一些例外。

生活在乌蒙山深处的彝家汉子阿哲鲁仇直，就是这些例外中的一个。

客观地说，《乌蒙山的月亮》，其文本成就值得提升的地方不少，本身的诗学意义也有待进一步扩张充实。但是它有一个不容忽视的优点，或者说它的全部意义在于：让诗歌理智甚而是节制地回到生活本身。

高人说过，还乡是诗人的本能。泛览《乌蒙山的月亮》，诗人对故土一沟一坎，一草一木都倾注了深厚的感情。要么是过去的重现，要么是生活痕迹的流露。在《老屋，女孩和狗》一诗中，诗人叹息到："女孩在巷子里寻觅/泛黄的老墙是外婆的脸庞/那经年的缝隙/是外婆的皱纹/透过镜片/女孩的眼里有一丝忧伤"；在组诗《岩脚古镇印象》"平桥"一节中，我们听到诗人这样忧虑："马帮的蹄音/轻敲着古镇的静谧/盐贩子疲惫的吆喝声/早已被水西马的喷嚏吹散/而那醉人的三合夜月/依旧在粼粼水面/轻摇着离人的乡愁"；在《九月的山坡》一诗中，诗人操心于山坡上的荞麦："九月的山坡离太阳最近/九月的山顶/荞麦被烤的焦黄/是该收割的日子/于是/荞麦挺立着丰满的身子/等待着快乐的疼痛"。这些"外婆、马帮、荞麦"成串成串出现在作品中，彰显了诗歌的及物性和生活性。岁月席卷一切，但岁月并没有忘记一切，它留下的痕迹和印记，足以让诗人反复吟咏。那些在诗人生活中已经渐行渐远的生活场景，随着诗人的凝视，越发凸现和准确起来。它不可替代地表达了一个中年男人内心深处的柔软和善良。

对于大多数诗人而言，诗，到语言为止。这是无可怀疑的。因为他们熟练地掌握着一个个动词，一个个名词，一个个形容词。但是正因为他们太了解和掌握了这些动词、名词、形容词，使得诗歌轻易滑向生活的背面，过于干净，过于深刻，过于一尘不染。《乌蒙山的月亮》，脱出羁绊不为所缚，它随性地表达了诗人对故乡风物的担忧和眷恋，在乡村一寸寸被城市蚕食的今天，为读者铺开了与生俱来的乡愁。

每一个民族的历史都是一部苦难史。一方面，这属于人类本身的生存之道，另一方面，也是每一个民族能够存在所必须的自我完善法则。历史上，彝族是一个迁徙的民族，同时也是一个苦难的民族。《乌蒙山的月亮》，有许多诗歌表述了这种血浓于水的彝人情结。八百里彝山，无论是诗人家乡的六冲河，还是大凉山的冕宁河，无论是甘嫫阿妞传说中的美貌还是祖父不离不弃的烟杆，诗人无不赋予了一个彝人的温暖和宽容。在《我对夜郎王说》中，诗人这样诉说："夜郎王，我要对您说/是用一个彝人的灵魂/您知道吗/他们已经被迷雾包围/他们看不见头顶的灵桶/您在天上的灵是否已经感知"；在《病入膏肓的彝人》中，诗人这样报怨式的解剖着自我："黑的夜/笼罩着我的世界/我看不见远山的葱茏/也看不见山里的荞麦花/我/已是一个病入膏肓的彝人"，这是一种疼痛的呐喊，也是一种置之死地而后生的醒悟。在《回来吧，忧伤的夜郎》中，诗人这样欢呼："夜郎啊我的夜郎/迎接你的灵桶已被举过头颅/照耀你的太阳早已挂上山顶/请你快快回来吧/回到黔西北/回到你曾经的故乡"；彝族刀耕火种的生活，彝族波澜壮阔的历史，在这些篇章中显露无余，一个彝族诗人对民族的拳拳之心，流露于字里行间。这种悲悯心，使得诗人抛弃了一切修辞手法，直接让诗句平白而任性地频频出现，这是难能可贵的。

爱情是诗歌永恒的主题。古往今来的诗人们，一直在修建着这座永远也不会竣工的大厦。不管是海枯石烂的爱还是刻骨铭心的痛，诗人们一直在为这座大厦浇灌眼泪和敬奉鲜花。极端一些说，大多数的爱情都是以悲剧结束。中国的梁山伯与祝英台，英国的罗米欧与朱丽叶，这是最为典型的代表。至于有情人终成眷属，那已经是婚姻而不再是爱情。诗人的《乌蒙山的月亮》，关于爱情的抒写，不同于大多数的青春期写作，也有别于常见的大喜大悲。在《乌蒙山的月亮》中，诗人这样咏叹："乌蒙山的月亮啊/我就要离开/你那融融的柔情/我不再去幻想/你那揪心的美丽/也不再去留恋/就连那一曲为你谱写的情歌啊/从此的我啊/将不会再去吟唱"；在《我把无名指留给你》中，诗人这样发誓："我把无名指留给你/就用你坚利的牙来咀嚼吧/直到让我的躯体残败不堪/你就放心咀嚼吧/既然那枚婚戒我不能佩戴/这血肉做成的指啊/就让我把它留下/也许在你那里/刚好是它美丽的向往"，这是一种深及骨髓的痛，而于诗人，既有着强大的韧性，又有着高明的卸术，或许，这正是一种拿得起放得下的洒脱。在《这个三月》中，诗人这样表态："这个三月/风儿也格外香甜/而我的世界/在你的香甜里/早已泛滥成灾"。《乌蒙山的月亮》里边的爱情诗，它们没有那种生离死别的大情感，也没有那种"小红低唱我吹箫"的花前月下。有的是一个成年男人对爱情的欣赏和守望。一个男人过了四十岁还在写爱情诗，除了说明他是一个重情重义的人以外，还应该清楚他有着一颗少有的纯粹之心。而一个诗人，做到纯粹，无论他表达的情感是否被大多数的读者认同，我想这已经是一件非常了不起的事了。

当然，《乌蒙山的月亮》不是完美的，就像这个世界并没有完美的人一样。但个人以为，诗人不一定是社会的主导者，也不一定是社会的叛离者，但他应该是社会的参与者，更应该是社会的矫正者。如果一个诗人指不出时代的痛处或刻意回避，那是不能原谅的。作为彝族诗人，还应该多把目光投到这个民族的内部，以诗歌的方式，鞭策和召唤广大同胞的民族自尊和文化自觉的同时，也丰富和升华了自己诗歌的内涵。

写下这些，既是对作者的期许，也是对自身的要求，算是共勉。

是为序。

2017 年 8 月于林城宽斋

【阿诺阿布】男，1971 年出生，彝族，贵州黔西人，出版有诗集《水一直在岸上》，长篇小说《秋天的最后一个处女》、《弯腰到情人高度》，二十集电视连续剧《画家村》等作品。曾主编《青年时代》、《笔墨纸砚》、《大西南月刊》等。

目　录
CONTENTS

第一部分 01

生在黔西北，长在黔西北，是黔西北的山山水水养育了我，是黔西北的风风雨雨磨砺了我。当月亮把头探出山垭的时候，我们总是要缠绕在爷爷的膝间，听爷爷讲那过去的故事……

爷爷、老屋和石磨（组诗）

爷爷

爷爷的少年很孤单
十一岁那年
可恶的伤寒肆虐
让爷爷在一夜间成了孤儿
那个黑夜
要不是好心的远房族人
用辣椒把爷爷熏醒
这个世界就不会再有我们
来把爷爷的生命延续

在我的记忆的那端
爷爷的身子像松树一样伟岸
爷爷的眼睛像蓝天一样深邃
爷爷的鼻梁像山梁一样挺拔
爷爷总是穿着一件青布长衫
爷爷总是包着一头乌黑丝帕

听父辈们说
爷爷年轻的时候很标致
标致得除了奶奶之外
还想拥有另外的女人

就为这事
奶奶和爷爷打得头破血流
要不是奶奶的凶悍
爷爷的老屋
一定会住进另外一个女人
……

老屋

老屋是一幢两层楼的红板壁瓦房
七棵柱子是巍巍的支撑
这红板壁房啊
是爷爷的爷爷建造的
那场变故过后
偌大的楼房只剩爷爷一个人孤零零地住着
那桐油浇注的红板壁老屋
总是在夜深人静的时候显得异常诡异
楼道里时常响着骇人的脚步
可怜的爷爷
孤单地在老屋里数着童年

在爷爷二十五岁那年
临县闹起了兵灾
那些虎狼般的军士们冲向老屋
举起了火把
于是
那幢记录着爷爷的爷爷的故事的老屋
在一瞬间化成了灰烬
那一把火啊
从此将爷爷淬炼得更加刚强

石磨

石磨从很远的地方运来
是爷爷的爷爷留下的
那场大火过后
石磨躺在了灰烬里
木头磨架早已魂飞魄散
石磨有些无奈
就连石磨身上的凿纹
在人世的轮回中也显得有些沧桑

爷爷走了
是在他七十六岁那年
老屋消失了
石磨却一直躺在瓦砾中
见证着数不清的风雨
石磨的血肉已经枯干
野草漫过了它的躯壳
只是不知道它的灵魂
是否也如爷爷一样
早已解脱

甲骨与文字的对话

甲骨[①]**：**

我最古老
在我之前没有文明
人们把符号刻在我身上
慢慢地，慢慢地
符号便演变成了你
在浩瀚的人类历史长河里
我才是最早的人类文明
是我搏动了人类的血脉

文字：

你错了
你并不是最古老的
在你之前人类就创造了我
是我比你更早些
只是后来
人们用你承载了我

甲骨：

不对
就在河南安阳
就在 1899 年

人们在这里发现了我
是我见证了大商朝
殷墟以我为骄傲
我是中华文明的见证

文字：

错了，错了
你是见证了文明
可是
你并不是文明的本源
倘若
人们不把我刻在你身上
你不过是朽骨一块
没有你
我不能传承千古
然而没有我
你却将毫无意义

你是有些孤陋寡闻
在这个世界里你真的不古老
你知道大西南的三星堆吗
那里的文明远比殷墟古老
那里出土了七千年前的青铜文化
那里的文明更让世人震撼

但这些都不是最古老的文明
人类的文明远远出乎你的想象
就拿中华民族大家庭里的彝族来说
他们勤劳勇敢
他们聪慧睿智
他们感谢上苍对人类的恩惠

他们对自己的祖宗感恩戴德
是他们把我刻写在和片[2]之上

在那时
你或许不知道
那时的我和你不叫甲骨文
那时的彝人都叫我们和片
你和我
都是他们与祖灵沟通的使者
历经万年承袭不断
这
才是中华大地最古老的文明

甲骨：

哦——
原来是这样
我仿佛有了些许记忆
……

注：①甲骨——即用动物骨片制成的用作刻写文字的骨片，刻上文字后就成了甲骨文了。古代多用此类方法传承文字；

②和片——彝语汉转音，古代彝族人用来刻写祖宗名字或一些祭祠用语文字的载体，一般多用竹片，也有用骨片或其他耐腐木材制成的。

回来吧，忧伤的夜郎

是谁将你无情地抛弃
让你在冰冷的时光中
几近湮灭
你像一个多病的老人
早已没有了鲜艳的光彩
你的心里满装着忧郁
你的眼里流淌着悲伤

曾几何时
咂酒的芳香留不住你的身影
子孙的祈求换不回你的豪情
你在天上的灵魂
是否还在歌唱

夜郎自大
一条本不该属于你的罪状
却把你推向了历史的绞架
你开始被人们咀嚼
你的呻吟没人理会
你的心在人们的嘴里滴血

夜郎啊我的夜郎
迎接你的灵桶已被举过头颅

照耀你的太阳早已挂上山顶
请你快回来吧
回到黔西北
你曾经的故乡

我的夜郎[①] 我的情

历经了无数个风霜雪雨
希弥遮[②]的子孙在这里建立了王国
那让人崇敬的多妥弥[③]君王呀
还有那些撼山动地的英雄
他们用火一样的热情
款待着来自远方的客人
这是彝人与生俱来的豪情啊
那一碗碗香甜的咂酒
是否早已让唐蒙[④]痴迷

那是一次旷世盛宴
尝不尽一道道美味佳肴
赏不完一拨拨莺歌燕舞
那融融的气氛哟
竟凝结成了千古不朽的绝唱
夜郎自大

只是
这一切的一切
已然嵌入了历史的车轮
驶向了遥远的时空
唯有这夜郎自大啊

却穿透了厚重的历史帷幕
让人千百年千百次地咀嚼
永远不曾乏味

哦，夜郎
我的夜郎
站在你的故土
总想回到过去的时光
去沐浴那古老的文明

多少次在梦里
我仿佛看见
点将台上威武的身影
夜郎河畔浣纱的姑娘

而如今
我却恨这无情的岁月
让我怀着揪心的思念
空留下一副哀哀的愁肠

啊，不见了
那雄奇的九宫八卦楼
那把酒欢歌的汉子
和彩蝶般的娇娘

哦，夜郎
我的夜郎
你那神话般的过去
早已淹没在了浩瀚的历史长河
而那句蘸满激情的豪言壮语
却总在我的耳畔久久回荡

注：①夜郎——即夜郎国，建立于公元前约700年，鼎盛时期的统治中心在现在的贵州省赫章县可乐乡；②希弥遮——彝族始祖；③多妥弥——夜郎国的第二十四代王，有汉书称为多同；④唐蒙——时任中郎将，汉武帝建元六年（公元前135年）被派出使夜郎。

我对夜郎王说

（一）

夜郎王，我要对您说
是用一双彝人的眼睛
您知道吗
他们挖出了您的套头葬[①]
他们不知道这是彝人的葬式
您在天上的眼睛是否已经看到

夜郎王，我要对您说
是用两只彝人的耳朵
您知道吗
他们歪曲了您的故事
他们不知道您是希弥遮的子孙
您在天上的耳朵是否已经听见

夜郎王，我要对您说
是用一颗彝人的心
您知道吗
他们怀疑您的王宫不在倮倮[②]
他们不知道那王印已经长脚
您在天上的心是否已在流血

夜郎王，我要对您说
是用一个彝人的灵魂
您知道吗
他们已经被迷雾包围
他们看不见头顶的灵桶③
您在天上的灵是否已经感知

（二）

夜郎王，我要对您说
是用您子孙的虔诚
您知道吗
我把套头葬的礼俗向人们叙说
人们知道了这就是彝人的葬式
您在天上的眼睛想必已经看到

夜郎王，我要对您说
是用您子孙的虔诚
您知道吗
您的过去他们已经不再歪曲
人们知道您就是希弥遮的子孙
您在天上的耳朵想必已经听见

夜郎王，我要对您说
是用您子孙的虔诚
您知道吗
人们相信您的王宫就在可乐
人们相信您的王印也许被人带走
您在天上的心想必不再流血

夜郎王，我要对您说
是用您子孙的虔诚

您知道吗
阳光驱散了团团的迷雾
人们看见了头顶的灵桶
您在天上的灵想必已经感知

（三）

夜郎王啊，我的夜郎王
您听见了吗
您的子孙在向您细细诉说

注：①套头葬——2000年在贵州赫章县的可乐乡出土的古代特殊葬式，为国内罕见，为此2001年该地被国家文物局评为全国十大考古新发现之一从而享誉全国；②倮裸——即夜郎故地可乐，在现在的贵州省赫章县的可乐乡境内，此地名为彝语转音，为中心之意；③灵桶——彝族祭祀用器物，用木质制成，空心，如桶状，内置放用竹节穿成的祖宗神灵的物件，一般九节竹节为一串，每节竹节即代表一位逝去的人。

可乐、夜郎与彝族（组诗）

可乐

你从远古走来
你与成都、昆明齐名
你的名字不曾更改
多少人为之梦牵魂绕
多少人为之争夺挤排

来不及给子孙后代留下辉煌
你走得稍显匆忙
而一句夜郎自大的玩话
是那么的不经意
甚至还曾经一度张狂
叫人们茶余饭后做了笑谈
也就是这一句话啊
竟然把你的灵魂解脱了出来
让你在不经意间得到了流传

哦，可乐
带上你的夜郎
去浩瀚的历史长河中畅游吧
你将是一曲充满生机的古歌

石海螺

你，石海螺
傲立在夜郎高高的峰头
像忠诚的彝家卫士
日夜守卫着美丽的山朵
传说中的你声如响雷
曾让无数敌人灰飞烟灭

哦，石海螺
你是夜郎的骄傲
当敌兵来犯时
你的号角响遍千里彝山
那九洛十八嘎的大小营盘

哦，石海螺
静听你的故事
你是那样的荣光
而如今的你
是否还藏着一份当年的豪情

夜郎点将台

像一个魁梧的汉子
你屹立在可乐河畔
你的故事
感动着一代又一代夜郎人

站在你的脚下
细数你的孤独
你早已不再沸腾
你甚至寂寞得令人心疼

哦，点将台
面对你的无言
我虔诚地举首问天
冥冥中
我看见了
赳赳武士和猎猎的战旗
而在心海的深处
我仿佛听到了石海螺在长鸣

夜郎古城堡

走在你的废墟
看不见你曾经的雄伟
只听见对面的点将台
呜咽拂过的风声

多想拥有一条时光隧道
也好去见证一回
那城墙头上飘扬的龙虎旗
和彪悍的武士
那气势磅礴的九宫八卦楼
和擎天的华表

哦，过去了
一切都在年岁中沉默
一切都已淹没在了历史的长河
只是这曾经的古城堡啊
叫人空留下了许多莫名的酸楚

可乐套头葬

自2000年发现了你
你没登上吉尼斯纪录

但却成了这个世界的唯一
你那独特的葬式
令无数专家学者惊叹

这是什么葬式哟
套着头套着脚
有金属有陶器
死者不能告知
活者无从问起

其实这一切啊
就隐藏在彝族浩瀚的历史文化里
这个爱好和平的民族啊
从希弥遮一直到多妥弥君王
子孙的繁衍和民众的富足
是他们不灭的希望
他们的灵魂就住在天上
他们不允许自己的子民沾上杀伐

然而生存的自然法则
却无情地毁灭了先祖的愿望
可怜的人们啊
总是摆脱不开战争的羁绊
总是要在血与火中挣扎

为了逃避上天及先祖们的法眼
绕过被自己斩杀灵魂的纠缠
使自己死后的灵魂能够得以升天
去和天上的先祖团聚
执着的彝人啊
在血与火中兴起了套头葬

彝人的情怀

站在你的故土
回想你的过去
我的心在滴血
我把手举过头颅
我在诚心膜拜
哦
我魂牵梦绕的慕俄格[①]
还有那美丽的杜鹃花

三百年前的那个夜晚
铁蹄敲碎了你宁静的梦
我的慕俄格和杜鹃花哟
在凛冽的北风中颤抖
从此
血雨腥风吞没了你的荣光
那个不堪回首的夜晚
我的杜鹃花啊
离开美丽的枝头
撒落在了黔西北寂寞的山岗

多少年了
那漫天的尘埃和飘零的花瓣

却一直萦绕在我滴血的心尖
凝结成了不尽的思念

哦，慕俄格
多想拂去你那刻骨的忧伤
让你再铸一回不朽的辉煌

注：①慕俄格——彝族水西政权所在地，也是彝族水西政权的代称，为现在的贵州省宣慰府景区所在地。

我的博扎叩

时光在金樽和美酒里穿梭
云霞在高高的博扎叩[①]荡漾
在彝人向往的慕俄格
我的祖先就住在那里
那里是彝人的天堂

融融的阳光下
鸭池河[②]里的鱼儿
悠闲地嬉戏着清涟涟的水
河岸的花朵红得闪亮

那五尺道[③]上
人们朗朗的笑声
和着踢踏的马蹄在回响

忽然有一夜
凶恶的豺狼呼啸而来
那个慕魁叉嘎那[④]
变得让所有的彝人都憎恶
他不再有往日的谦和
他露出了魔鬼的嘴脸
他打开了坚固的城门
他让豺狼潮水般涌入

就在那一夜
在高高的博扎叩山上
杜鹃花不再开放
在巍巍的慕俄格城下
万千怨魂在哭泣

哦，我的博扎叩
你那许许多多的往事
你那许多许多的曾经
就在今夜
一起袭上我寂寞的心头
让我在无助中哀哀衰老

注：①博扎叩——彝语地名，在现在的大方县城背后，古代水西彝族统治者阿哲家的住地；②鸭池河——即现在贵州的鸭池河，当时为水西水东的分界线；③五尺道——明朝时由水西女政治家奢香主持开修的交通驿道；④慕魁叉嘎那——慕魁，官位名，相当于现在的总理，叉嘎那，人名，此人在吴三桂剿水西时投靠了吴三桂，叛变水西彝族政权。

慕俄格

怀着子孙的虔诚
行走在你曾经的肉身
满目的残砖断瓦
有谁会想到这里当年的辉煌

抚摸着伤痕累累的你
泪水一次次漫过眼眶

哦，慕俄格
多少回在梦里
是你把我千万遍地呼唤

三百年了
岁月渐渐淡出你的记忆
是父亲告诉我你曾经的荣光
细细寻找你的踪影
寂寞的心底流淌着满满的忧伤

哦，我的慕俄格
是谁把你推进了我的心海
是谁揭开了你风干的伤疤
在这个清冷的夜
我在伤心哭泣

吴三桂[1]、叉嘎那[2]和彝人

三百年前
你来到慕俄格
你像魔鬼一般
挥洒着硝烟
蹂躏着这片土地
狼子野心的你啊
喝饱了山海关的奶
又来饮乌蒙山的血

吴三桂啊
是你催动着没有人性的铁骑
践踏了彝人美丽的家园
你永远不会想到
从你踏上彝山
挥动了屠刀的那天起
你将在这里灰飞烟灭

在果约迭[3]之役
不可一世的你啊
本已如困兽犹斗
眼看就要头断魂散
怎料得你收买了宵小

里应外合使你逃过一劫

奸贼叉嘎那啊
忘了彝人的宗法
卖了自己的祖灵
从此彝人的山上
杜鹃花不再开放
从此彝人的心里
驻下了魔鬼的身影

三百年过去了
你和叉嘎那啊
一直被万千彝人的灵魂
和他们虔诚的子孙诅咒着
你再也不会看见
那曾经凋零的杜鹃花
依然红遍着千里彝山

注：①吴三桂——汉族，叛明投清，一生反复无常，绞杀水西的始作俑者；②叉嘎那——彝族，为彝族历史上的彝奸，当时水西彝族政权的慕魁（大臣），后被吴三桂收买；③果约迭——彝语地名，在现在的织金县八步镇境内，临贵毕公路。

雄鹰的爱恋

七月的阳光融化了高原
柔软的草地在羊群里荡漾
牧羊女的长鞭
舞动着清晨
小曲在草尖歌唱

雄鹰在高天盘旋
远处的燕麦正黄
早已逝去的荞麦花
掩藏了往日的忧伤
只是在记忆的深处
一遍遍散发着香甜

风没有了荞麦花的陪伴
羞涩地躲闪着赤裸的身影
那咩咩叫的羊群
卷动着粉红的嘴唇
仿佛在品尝着美丽的云彩

晚开的索玛花
凋落了雄鹰的眼睛
没有撕心裂肺的疼痛
黄土地
在催生下一个花季

德布洛莫山[①]

没有人真正见过她的容颜
她像一幅迷雾中的画图
叫人始终无法看清
她的神秘
让人记挂千年

在月光溶溶的夏夜
爷爷总爱提着一壶酒
带着我们坐在草垛上
然后指着德布洛莫山：
天上的神仙有九拨
德布洛莫山里住着一拨
……

冬天的火塘最温暖
火塘里飘动着荞麦粑的香甜
一闪一闪的烟袋
伴随着奶奶讲德布洛莫山的故事
那山里住着很多仙女
那山里有很多牛头马怪
……

德布洛莫山

被人们顶礼膜拜
德布洛莫山
行走在神鬼之间
她宽阔的山谷
是男人的豪迈
她清澈的泉水
是女人的柔情
她迷人的传说
是人们千年的向往

今夜的月儿皎洁
火塘也很温暖
只是
看不见爷爷和奶奶的身影
透过漫漫的夜空
我却听见了
德布洛莫山在轻声叹息

注：①德布洛莫山——在四川凉山州境内，传说中为鬼神居住的地方。

六冲河[①]叹

宛若一条飘带
却留不住飞逝的时光
彩蝶般的浣纱女
不知香归何方

伫立你的身边
冥冥中
那古老的国度
仿佛就在眼前
你看那彪悍的身影
还在挥舞着刀戈

远去了
把酒欢歌的英雄
还有那迷人的娇娘

哦，六冲河
你那绚丽的曾经
早已淹没在了无情的岁月
回眸处的你
像是诉说着不尽的思念
就连轻柔的浪花哟
也在拍打着我寂寞的心岸

①六冲河——发源于贵州西北部的赫章县境内，属古夜郎国中心地的主要河流。

站在金沙江岸

蜿蜒而来的金沙江
失却了往日的风采
曾经葱茏的江岸
是一副枯干的模样

站在金沙江岸
没有火红的杜鹃花
那个美丽的牧羊女
搭乘着工程车
早已去了远方

站在金沙江岸
听隆隆的炮声
我看见了最后一枚绿叶
在忧伤里飘落
有一只画眉
在哀哀歌唱

手捧着发黄的经书
那个毕摩的身影
已凝固成石
回不了头
也指不出来时的方向

站在金沙江岸
看不见曾经的美丽
那颗忧伤的心
在默默地眺望着家乡

父亲，我为您送行

在这个冬季
我的父亲，我为您送行
您走完了您的七十七载人生
从此以后
您将去到另一个地方
那个叫点苍山的地方
去那里与祖先团聚
去那里回归祖灵

原以为
在您的生日
在大年初一的那天早晨
我们能为您献上生日的祝福

原以为
在这个新春佳节
在数不清的爆竹声声里
儿女们能向您举起祝福的酒
为您的生日
也为迎来新的一春

父亲啊
您为什么就不能等等

不能等等这个新年的来临
那可是您七十八岁的生日啊
那将是您老新的篇章

父亲啊，我的父亲
七十七年的人生说短不短说长不长
您没看见那些颤巍巍的
胡发闪烁的耄耋老人吗
和他们相比
您是多么的年轻啊
您却要走得这样匆忙

父亲啊
两年来的您
受尽了病痛的折磨
什么肺气肿、高血压
什么哮喘、冠状动脉硬化
什么胃肠炎、前列腺炎……

记得一月前
您旧病复发
您说没事
在诊所输输液就好
这可不行啊我的父亲
于是
我把您送进了县城医院
在您康复后
我们又来到五官科
为您做了白内障……

而在前几天

在您离开的前一天
我们还通了电话
您说您的身体无恙
无须住院治疗
您甚至还为我的痛风担忧
谁知道啊
当我赶到您面前
您却已经不能说话
无论医生怎么抢救
甚至给您用了强心剂
而您
还是慢慢地闭上了眼睛

哦，我的父亲
您从新中国成立初期参加工作
您一直肩负着会计重任
在计划经济时代
您这个职位重要啊
而您
却从未利用职位上的便利
为家里谋取过一分一厘的利益

在全县的粮食系统里
您是屈指可数的老财会啊
您一直兢兢业业
您一直洁身自好
您一直饰演着一个克己奉公的
小人物角色

父亲啊，我的父亲
您一向不善言辞，不苟言笑

您甚至没有和我们五兄妹
好好说过一句体贴入微的话语
可是我能明白
您把对儿女们的关怀装在心里
而不是挂在嘴上
您是一个真正的好父亲

父亲啊
您走得其所
或许
您早就和先祖通灵
早已为自己选好了离开的日子
要不
在您的葬期那天
为什么突然飘下鹅毛大雪
人们说
这是上天为您开发普孝呢

父亲啊
您安心地走吧
儿女们的心事您应该明白
正如您当年把爷爷送走一样
您就朝着西南方去吧
朝着点苍山
那个彝语叫黛撮博直的圣地

也许这一刻
那里早已为您打开着一道圣洁的门
并为您铺满了洁净的松针和鲜花
那里早已为您准备了丰盛的宴席
竹篓里是香气腾腾的坨坨肉

彩色的木碗里是香甜的咂酒
……

父亲啊，我的父亲
就让我送您最后一程吧
用一颗儿子虔诚的心
和三炷飘柔的香烛
托载您到湛蓝的天里
然后
朝着西南方而去
朝着先祖的方向而去

父亲啊，我的父亲
在这个冬季
这个铺满白雪的日子
就让您的儿子
用透骨透血的虔诚
朝着西南方
朝着神圣的点苍山
默默为您送行

清明回故乡

打一个温暖的背包
穿一件别具一格的马夹
这座熟悉的小城
正用异样的目光为我送行

高原上的阳光格外明媚
车轮在山间的公路上弹奏着音符
我听见了远方的故乡在轻声歌唱

故乡的风
吹绿了乌江北源的柳
走近老屋
那棵爷爷栽下的梨树
早已在春风中笑脸盈盈

寨门前的皂角树（组诗）

寨门前的皂角树

皂角树的花是白的
阿妈告诉我
皂角树是爷爷种下的
……

从我记事的那天起
总是爱和男孩子们溜到皂树下
拖着长长的小辫子在树下嬉戏
每当春天来临
我们总是睁着小眼睛
在淡淡的清香里
细数着缀满枝头的小花
好盼望它顷刻长大
变成如月牙儿一般的美丽

皂角花开了一年年
皂角荚结了一岁岁
渐渐地我喜欢上了树上
叽叽喳喳的鸟儿
还有那树叶间筛下的月光

好感谢爷爷

是他留给了我幸福的童年
好怀念爷爷
是他为我种下了美好的回忆

远方的诱惑

在那个春天
天好蓝
蓝得像阿妈压在柜底里的那块布
好想拥有一把神奇的剪刀
然后把蓝天剪下来
缝制成一身漂亮的衣装

牛儿躺在绿茵茵的草地上
在悠闲地嚼动着嘴唇
山上的花儿开得正艳
那只鹰又在空中盘旋

放下手里的针线
采一枚木叶放在嘴里
吹一曲山歌吧
就让歌声和着鹰一起舞蹈
好羡慕鹰
能在蓝天里自由翱翔

真想飞出这座大山
也好去到外面看看
远方的世界
是不是也盛开着美丽的索玛

告别阿妈

背上简单的行囊
怀揣阿妈的叮嘱

客车在蜿蜒的公路上蹒跚
透过朦胧的玻璃车窗
我看见阿妈瘦小的身影
和那棵泛着白花的皂树
泪水第一次迷糊了我的双眼

随着摇动的座椅
耳畔又响起了阿妈的叮嘱
手贴在冰冷的玻璃上
喉头却似塞满了棉花

再见吧，阿妈
女儿的梦想在遥远的他乡

泪洒羊城

机子的轰鸣
替代了鸟儿的欢唱
坐在冰冷的凳子上
青春在噪声中流失
从大山里走出的人们
在监工的吆喝声中
努力地编织着未来

林立的高楼
阻断了梦想的翅膀
那只矫健的雄鹰啊
幻化成了咆哮的飞机
它那巨大的身影
遮盖了最后一缕阳光

坚硬的街道
闻不到一丝泥土的芳香

那一张张苍白的面孔
像树疙瘩雕成的木偶
这个城市冷漠得令人窒息

遥望着家乡的方向
眼前浮现着阿妈慈祥的模样
腥臭的空气夹杂着汽笛的嘶鸣
思念被扭成了绳
本想死死地克制住泪水
不让它滴落在这个冰冷的地方
只是
这思乡的阀门却再也无法旋紧

回来吧，阿依

回来吧，阿依
阿妈在遥远的家乡呼唤
这个城市本就不属于你
你做不来骄傲的城市人
你喝不惯瓶装的矿泉水

就插上翅膀飞回故乡吧
那里有满山的花儿在开放
那里有清澈的溪流在歌唱
那里有雄鹰在蓝天上翱翔
那里有慈祥的阿妈在守望

火塘里的荞麦粑正黄
那甘甜的咂酒啊
在荡漾着诱人的波光
那个古老的寨子
在阳光下显得格外年轻

那株爷爷栽下的皂角树
在绽放着美丽的笑脸

走吧
没有丝毫的留念
车水马龙的浮华
留不住你的归心
还是回到阿妈的身边吧
那里才是你温暖的故乡

病入膏肓的彝人

点燃一根烟
把伤痛默默地呼吸
诱人的尘烟
变幻着撩人的姿态
今夜
我的心湖没有月亮

漆黑的夜
笼罩着我的世界
我看不见远山的葱茏
也看不见山里的荞麦花
我
已是一个病入膏肓的彝人

好盼望有一点光亮
哪怕是细若蛛丝
也会是我的救命稻草
我会不顾激流的凶险
拼命游向彼岸

我好累
心疼痛得几乎没了声息
那些风花雪月事

早已随风
而那个炙热的火塘
已在百年前熄灭

而今夜的我
漂泊在无边的心海
像一只孤单无助的帆船
总是找不到停靠的港湾
而遥远的彼岸
那盏航标灯是否依然明亮
……

黑夜，走在山路上的彝人

一条山路
弯弯地伸向远方
一个彝人
孤独地走在上面
彝人在磕碰中蹒跚着
彝人却快乐着
彝人说他不怕黑夜
他喜欢黑夜的静谧
他相信黑夜里蕴藏着无穷的力量
他相信他定能爬上前面那座山头

月亮偷偷地跑来和他幽会
星星躲在一边做着鬼脸
彝人孤独地走着
孤独地快乐着
月亮痴痴地跟着
痴痴地呵护着

终于
彝人走到一棵树下
彝人停下了脚步
彝人真的累了

倚着那棵老树
彝人睡着了
月亮轻轻地俯下身来
温柔地抚摸着彝人疲倦的面容
睡梦中
彝人发出了甜蜜的鼾声

第二部分 02

乌蒙山的天空是彩色的，乌蒙山的月亮是柔情的。每当暖风拂过山头，我总是喜欢一个人静静地坐着，看云霞满天，看月华落地，并默默地品味着忧伤和欢乐……

风从山顶吹过

风从山顶吹过
花朵开了又落
早晨是彩色的
傍晚是彩色的
这是风和花的约定
但我不知道
谁才是真正的主角

这个三月
山上的杜鹃花开了
山脚的布谷鸟叫了
就连池塘里的鱼儿
也摆动着迷人的纹波

我又记起了儿时的趣事
在皎洁的月光下
我们轮流做着老鹰和小鸡
我们还把树枝折下来盘在头上
然后在房前屋后和田间地头捉迷藏
我们还做了新娘和新郎
……

如今的你已然长大

你的笑也不再天真烂漫
而我却初心未改
风
依旧从山顶吹过
只是你的笑早已随风
渐行渐远

嘎嫫阿妞[1]

寒冷的冬
送不来温暖的春风
孤独地站在窗前
拉开不语的帘
任思绪飘飞

默默地看着夜空
那颗遥远的星星
是嘎嫫阿妞的眼睛

轻轻地走进她的世界
我看见火史山[2]上的青藤
凝结着千年的记忆
嘎嫫阿妞的眼泪啊
汇成了忧郁的加支河

佳支依达[3]
是嘎嫫阿妞的故乡
那一片金黄的稻谷
香醉了蜂蝶
和那成群的鸟儿
有谁来告诉我
这个美丽的地方

散落着几多悲伤
哦，美丽的嘎嫫阿妞
我真的不想打搅你
我知道在天上的你
在深深怀念着安哈木嘎[④]
那个曾经与你相亲相爱的人

美丽的嘎嫫阿妞啊
透过迷茫的夜
我似乎看见了
你如花的脸庞
也听见了你迷人的歌声

安哈木嘎已经倒下
你的心也随之死亡
你或许不知道
那个可恶的治达[⑤]
被人们千百次地咀嚼
他的灵魂
早已灰飞烟灭

哦，美丽的嘎嫫阿妞
面对那只披着人皮的狼
你毅然咬下了娇嫩的玉指
然后
在五彩的光环里
把生命飞升
……

美丽的嘎嫫阿妞啊
我如一只无助的蜂蝶

在这个寒冷的夜
温暖的火塘是我的期盼
告诉我
美丽的嘎嫫阿妞
那只千年的火把
能否将我引向你的时空

注：①嘎嫫阿妞——传说中的古代彝族美女；②火史山——山名，在现在的凉山州；③佳支依达——地名，在现在的凉山州；④安哈木嘎——传说中的人名，是嘎嫫阿妞的恋人；⑤治达——人名，传说中的坏人。

梦幻载洪博[1]

我的灵魂在血管里涌动
我已然不能自已
哦，我的女神
你的美丽迷蒙了我的眼
你的芳香颤抖着我的心

洪荒[2]，载洪博
爱佐和爱莎[3]
还有那条吐着红芯子的蛇
哦，我的女神
这里真的有生命之源吗

后羿，神箭
身着羽衣的嫦娥
我突然间贪婪起来
我想要那桂花木箭
要它射中我的心房
把我的情和你的爱穿上
然后一起在熊熊的烈焰里
被烧烤得滋滋作响
最后用烟的形式向母亲告别

哦，我的母亲

请让我带着我的爱人
到那个神秘的地方
去寻找祖先曾经的踪迹
就沿着那个方向吧
那里一定有让人痴迷的景色

注：①载洪博，彝语山名，即牧放坐骑的地方之意，在贵州省赫章县境内的水塘乡一带；②洪荒，即洪荒时代，彝族史诗《爱佐与爱莎》里描述彝族史前曾有三次洪水泛滥；③爱佐和爱莎，彝族传说中的两兄妹，因为天下被洪水毁灭，只剩下爱佐和爱莎两兄妹，后来他们结为夫妻传下了人类。

美丽的阿依姑娘

一

在遥远的那娄[①]弥地方
有一位美丽的阿依姑娘
她的舞姿轻烟比不上
她的歌声美妙传四方

她家的门前啊
相亲的小伙蜜蜂一样多
可是美丽的阿依啊
个个她都看不上

她家的门槛啊
被媒人踩成了弯月亮
可是美丽的阿依啊
个个她都摇了头

二

雄鹰把消息送到慕俄格
博扎叩[②]城里走出了阿哲
阿哲来到了那娄弥
美丽的阿依姑娘啊
用美妙的歌声迎接了他

从此那娄弥这地方啊

到处留下了他俩的身影
从此那娄弥这地方啊
到处飘飞着他俩的歌声
……

三

地里的豆子成熟了
阿依姑娘就要出嫁了
命运交给心爱的男人
美丽的阿依姑娘啊
就要远走他乡

大雁扯起迎亲的队伍
那娄弥的姑娘们啊
唱起了忧伤的歌谣
慕俄格来的阿哲啊
从人们忧伤的歌声里
带走了美丽的阿依

从此人们的心里
没有了爱恋的方向
从此人们的天空
没有了皎洁的月亮

美丽的阿依姑娘啊
就这样带走了人们的希望
美丽的阿依姑娘啊
就这样离开了自己的家乡

注：①那娄——彝语地名，即现在的威宁县盐苍镇，古时为盐苍彝族（哦索家）的政权中心；②博扎叩——彝语地名，即现在的大方县城内阿哲家（水西）的古城堡。

乌蒙山的月亮

今夜的你
撒下我寂寞的身影
记不得
你让我错过了多少风景
而在今后
在今后的某一个日子里
你是否会抚摸我的忧伤

啊，乌蒙山的月亮
我要怎样才能尽诉衷肠
当夜风拂过你的面颊
留下的
是一些冷漠的回响

啊，乌蒙山的月亮
是谁冰冷了你的天空
是谁疏远了我的心房
在这寂寞的夜晚
叫我一个人在荒野间游荡

乌蒙山的月亮啊
我就要离开
你那融融的柔情

我不再去幻想
你那揪心的美丽
也不再去留恋
就连那一曲为你谱写的情歌啊
从此的我啊
将不会再去吟唱

山那边的杜鹃花

那一天
怀揣着对你的爱恋
告别了慈祥的阿妈
独自一个人
我来到了你的身旁

像一只喝了酒的蝴蝶
我扑扇在你的怀抱
太阳落山了
我忘了回家
月亮出来了
我还在你的芬芳里沉睡

哦，山那边的杜鹃花
你是那样的美丽
你那火一样的热情
温暖得让人不愿离去

哦，杜鹃花
我的杜鹃花
你快告诉我吧
你还承载着多少彝人不悔的情意

河畔上的女孩

阳光柔柔
河水柔柔
有一个女孩
她站在河畔
看柳枝吐着新芽

风儿悠悠
云儿悠悠
那个女孩啊
她依旧在河畔
看河水泛着波光
……

蜜蜂飞过
花香飘过
两岸的田野
蚕豆花儿正香
而那个女孩
脸颊早已绯红如霞

“五·一”节，你说你就要结婚

你说你就要结婚
是在“五一”节那天
那是个好日子啊
只是
那个日子叫你欢喜
也让你凭空添愁

到那天，你一定会很忙
你忙着梳妆，打扮
还有你的亲人，朋友
所有人都围着你转
都在为你珍惜着这一生里
只有一次的良缘

你说你就要结婚
你的血液里奔流着喜悦
而在心灵深处
却飘着一些莫名的愁绪
你甚至有些惶恐
你怕自由自在的你
从此被锁在婚姻的牢笼

单身的日子就要结束

你真的有些害怕
害怕有一根绳索将你束缚
你还放心不下你的小屋
你想要把小屋里的一切打包
还有那些有关自由散漫的快乐

其实你也期盼着
期盼着有朝一日能和一个人
在人们的祝福声中步入婚姻殿堂
从此携手不离
相亲相爱，直到地老天荒

你说你就要结婚
是在“五一”节那天
就趁着这段空闲吧
就用你那颗柔软的心
慢慢把自己梳理
然后
做一个光彩照人的新娘

九月的山坡

九月的山坡离太阳最近
九月的山顶
荞麦被烤得焦黄
是该收割的日子
于是
荞麦挺立着丰满的身子
等待着快乐的疼痛

九月的弯刀映着爷爷的影子
九月的弯刀
被彝人顶礼膜拜
那黑黑的身躯托着微笑
缺损的刀牙在太阳下闪闪发亮

九月的女孩是成熟的荞麦
九月的女孩
草帽压弯了眉毛
九月的弯刀
收割着人们的梦想
九月的女孩
把思念扔过了山坡

凉山行（组诗）

一、向往凉山

沿着你的方向
我从乌蒙山深处走来
哦，凉山
我的大凉山
你是彝人的㛫濮弥啊[①]
你牵动着许许多多柔柔的心肠

哦，凉山
美丽的大凉山
你是我梦牵魂绕的地方
你用嶙峋的骨架
托载着蓝天
你用甘甜的乳汁
抚育了彝人
你是我最最美丽的向往

二、穿过乌撒[②]

向着大凉山
呼啸的车轮
撵动着高原的薄雾
窗外的景致

渐渐向后逝去
我正穿行于俄索弥[3]
那个汉语叫乌撒的地方

这个古老的地方
它离太阳最近
我却看不见
那架传说里的天梯
巍峨的山头上
那座孤单的向天坟
在默默地遥望着大凉山

三、途经昭通

昭通
六祖分封的圣地
你是乌蒙山名的源头
你就叫偶姆阻[4]啊
你是彝人曾经的天堂

走过你
一路往北
那里有澎湃的金沙江
在金沙江岸啊
有笃慕大帝走过的脚印
就在这里
我看见了对岸的大凉山
那绵延千里的大凉山啊
是我割舍不断的念想

四、宁南风光

跨过金沙江
是温热的宁南
初冬的冷
在这里没了踪迹
那青葱的四季豆
就是证明
还有那女子般婀娜的榕树

哦，凉山
这就是凉山
在盛开着荞麦花的山下
那一串串的香蕉
正泛着初果的绿
那一丛丛的脐橙树
舞动着洁白的毛巾
仿佛要为我
这个来自远方的客人
擦拭去一路行来的风尘

五、普格印象

一路往北
金沙江蜿蜒着向后流去
而心底的温热
却不曾消退
两旁的山越来越巍峨

仿佛是一个巨人张开的臂膀
而我
正行走在巨人温暖的臂间
哦，这就是普格
彝人的普格

往北
一路往北
在狭长的山谷间
我看见了婆娑的攀枝花树
那高大的身影
似一个个伟岸的彝人
我期盼着它们
在来年的春天里
盛开出灿若红霞的攀枝花

六、醉在凉山

凉山，我来了
沿着指路经的方向
我踽踽而来
怀着一份虔诚和向往
我从遥远的古诺弥[⑥]而来
我从遥远的黔西北而来
从偶姆阻的巧家[⑦]
到大凉山的宁南[⑧]
奔流的金沙江
洗涤着我蒙尘的眼眸
透过巍峨的大山
我看见了邛海旖旎的风光

哦，凉山
我来了
我带着千年的虔诚
来看你的模样
哦，凉山
美丽的凉山
我终于看到了
你超凡脱尘的模样

七、西昌之夜

明天我就要回家
回到那遥远的地方
我却舍弃不下
你在我心底的柔情
徜徉在你的大街小巷
我细细把你端详

华灯初上的夜晚
我坐在公园的草地上
感受你动人的笑脸
我听见了
广场里达体舞的乐声
哦，西昌
那是你对我的挽留吗

从邛海吹来的夜风
拂动你的秀发
你说你有些冷
哦，是我们该说再见的时候了
而在我转身的刹那
我看见你美丽的眼眸
有一丝淡淡的忧伤

八、离别凉山

我走了，凉山
你是我心底柔柔的牵挂
相逢的喜悦
变成了满满的惆怅
我的眼眶有些发烫
我不敢让你看见
我温热的泪在心底打转

我走了，凉山
就让我静静地离开吧
我是真的不敢迟挨啊
怕就怕我的迟挨
吞噬了你的矜持
怕就怕你的眼泪
迷失了我的方向
……

①僰濮弥——彝语转音，即古代彝族的僰濮支系住的地方之意；②乌撒——即彝语俄索的音转；③俄索弥——俄索是人名转地域名，俄索弥即俄索君王的领地之意；④偶姆阻——古代彝族社会昭通的彝语转音地名，即为大帝

王领地之意；⑤普格——凉山州县名，为彝语转音；⑥古诺弥——即贵州（贵阳）的彝语地名；⑦巧家——云南省昭通市的一个县名，与四川的宁南县接壤；⑧宁南——凉山州的一县名，与云南省的巧家县接壤。

昨夜，我梦见凉山

昨夜，我梦见凉山
我看到了奔腾的金沙江
还有那温热的江岸
那里有甜蜜的甘蔗林
还有火红的攀枝花

昨夜，我梦见凉山
那里的牛羊成群
那里的花儿满山
那里的人们热情啊
他们争先恐后地向我打探
黔西北那片古老的彝乡
他们也知道博扎叩啊
那个和我血脉相连的地方

昨夜，我梦见了凉山
在一个古朴的寨子里
我们大块吃肉大碗喝酒
身着盛装的人们跳着欢乐的舞蹈
忽然间我看见
一位美丽的女子在静静把我凝望

昨夜，我是真的梦见了凉山

又回到了那梦牵魂绕的地方
和着那位美丽的女子
我们一起去爬泸山
一起去看邛海岸边的芦苇花

华灯初上的夜
我们坐在温暖潮湿的邛海边
听灯火阑珊的西昌在水波中轻声歌唱
……

乌蒙山，冕宁河[1]

那一天
你来到乌蒙山
我的眼眸被你牵起
那一夜
你的美丽醉落了我的月亮

我挥舞着腰刀
韭菜花的香
被劈成了两半
一半在我的心底
一半在你的发梢

我小心地呼吸着你的芳香
也记挂着那双美丽的高跟鞋
在我寂寞的时候
我把它存放在心的深处
那个别人不能到达的地方

就让它尘封了吧
尘封在记忆的深处
不再去惊扰
不再让思念孤独了曾经的容颜

你说你要回去

回到你深爱的故乡
那里的丁香花正开
你是真的不属于这里
这里的风吹不出你心的涟漪
这里的男人啊
留不住你高跟鞋的声响

回去吧
美丽的女孩
我用千年的承诺送你离开
黔西北的汉子没有眼泪
黔西北汉子的眼泪啊
早已在三百年前流干

或许
大凉山正收藏着你的梦想
冕宁河正刻写着你的爱恋
那清澈的河水啊
正痴迷着你的高跟鞋
还有那朵美丽的杜鹃花

蜜蜂的温存是花朵的爱恋
高天的流云是大地的心魂
冕宁河畔的柳是你的长发
乌蒙山顶的花是我的念想
就让我们举起彩色的杯子
我将用韭菜花的香为你送行

注：①冕宁河——在四川凉山州的冕宁县境内，清澈明亮的河水穿县城而过，是冕宁县的一道亮丽风景。

那一天，在青藏高原

那一天
你说你在西藏
用一颗虔诚的心
看高原的沧海桑田

那一天
你看见了很多人
在一路匍拜
肆起的尘埃
在一片祈祷声里
落定

那一天
你把画笔描向雪山
而你的柔情
早已融入清风和白云
于是
在你身后的山峰和草甸
飘起了一幅幅画卷

那一天
你拾起了那支写诗的笔
把你走过的

见过的
想过的
都写进了你的《行遇》

那一天
你谱写的《行遇》
一如青藏高原的天
蓝得叫人心痛
也叫人无限向往

那一天
在青藏高原
行走着一个女孩
一个来自凉山彝州的
叫吉克·布的女孩

站在维罗纳石桥上的女人

静静地倚着桥栏
大理石的桥栏伸展着明快的线条
在阿尔卑斯山下午后的阳光里
一任你倩倩的身影娉立

你说这里叫维罗纳
是罗密欧和朱丽叶的故乡
你可曾看见他们的身影
那个曾经叫无数人痴迷的故事
是否早已牵动了你的柔肠

维罗纳的风景依旧迷人
不必再看莎士比亚的歌剧
在水天一色的石桥上你把故乡深深眺望
而这副茶色的太阳镜啊
怎么也穿不透巍峨的阿尔卑斯山
也探询不了大洋彼岸遥远的中国

在这乍暖还寒的时节
在美丽诱人的维罗纳圣地
春的脚步却有些迟挨
这姗姗迟来的春啊
不知要怎样将你——
这位来自凉山彝州的女子安慰

老屋、女孩和狗

老屋很矮
也很破旧
老屋里藏着外公的船
外公的船里藏着外婆
无尽的眼泪

老屋很静
也很结实
老屋里镶着神龛
那是外公出海后
外婆常去的地方
……

女孩在巷子里寻觅
泛黄的老墙是外婆的脸庞
那经年的缝隙
是外婆的皱纹
透过镜片
女孩的眼里有一丝忧伤

狗
在女孩怀里咦嘘
女孩

在老屋的门外伫立
老屋的天空
蓝得叫人心疼
而老屋的神龛
却一直没有外婆的祈祷
和外公划来船的声息

阿吉的妹妹就要出嫁了（组诗）

阿雕的电话

四月二十一日
我依旧坐在电脑前
构建着我的诗歌王国
傍晚的阳光
从窗户柔柔地照进来
我被涂抹得仿佛一尊静穆的雕像
一阵铃声将我惊醒
哦，是《彝人传奇》的阿雕
电话那头是他慵懒声音
阿哲，明天
是阿吉的妹妹出嫁的日子
……

四月天

四月的天空蓝蓝的
四月的云朵白白的
四月的杜鹃花
像一个个成熟的姑娘
出落得叫人心疼
四月的山野青翠欲滴
还有那一簇簇一朵朵

知名的，不知名的花儿
把四月的韭菜坪打扮得格外迷人
那一阵阵扑面而来的香风
醉得云朵不忍离去

娜咪鲁服装厂

车轮呼呼
我们向着阿吉家进发
我们途经珠市
在一个叫娜咪鲁的服装厂
我们停车观光
这里生产着五彩缤纷的彝族服饰
你看那成品陈列室
一件件衣物争奇斗艳
那套穿着在塑模身上的新娘装
直看得人心神荡漾
而在不甚宽敞的厂房内
有五六个女工在忙
她们或抛花，或绣朵
她们在用一双双精巧的手
默默地编织着生活

阿吉的妹妹就要出嫁了

草海的大雁飞走了
阿吉的妹妹就要出嫁了
和阿雕一样
阿吉是彝人传奇组合的歌手
阿吉的客人有大凉山的，有小凉山的
阿吉的客人里有弹琴的，有唱歌的
唯独我什么都不会啊

于是，我只好安静地坐下来
没有人唱忧伤的哭嫁歌
也没有人念撼心的经文
那些烦琐的礼俗
渐渐地被现代文明吞噬
就如今夜光辉灼眼的电灯
取代了原始落后的松明
阿吉的妹妹啊
这个就要出嫁的准新娘
正围着火塘，跟着欢乐的人群舞动
只是
在她灿烂如花的脸上
看不见一丝新嫁娘的忧伤

棠湖[1]公园之海棠花

和着春的节拍
划入你的心海
你可知道
今天的我，只为
你醉人的美丽而来

湖面的波光
摇曳着你的身影
你的美
叫人如痴如迷

你的红啊
是一片硕大的云彩
哪怕远在千里之外
我的世界
依然被你紧紧遮盖

我是一艘无帆的船
我划得进你的心
却驶不离你的岸
……

双流的天空弥漫着雾霭
早春的棠湖

游人去去来来
只是
那一片潮湿的云彩
不知还能不能佩戴

注：①棠湖——成都市双流县棠湖公园。

爱在百里杜鹃[①]

一点星光
牵引着千年的梦想
一颗爱心
挥舞着浓浓的情谊
心底的感动
直漫过山顶
幸福在笑容中弥漫

一声问候
敲开了彼此的心门
彝人的篝火是漫天星光
今夜
将要洒落在水西大地
那个叫百里杜鹃的地方

我们已经分别得太久
我们已经分别得太久
想着就要与你相见
温暖包围了所有的爱恋
血液闪动着美丽的荣光

刚过的花期
似乎忘却了痴情的眼眸

我把爱拢进宽厚的胸怀
温热里
我依然记得红杜鹃的芳华
耳畔响起了你睿智的声音
是那个来自南高原的彝人哟
是那个叫普驰达岭[②]的兄弟

那是去年的七月
在偶姆阻[③]盛会之前
我便沐浴了你殷切的关怀

七月的火把
点燃了南高原的云朵
让我陶醉在彩云追月的美丽
循着你声音的方向
我憧憬着美好的未来
在那彝人的祖地
我用延续千年的虔诚
见证了祖先不老的容颜
哦，叫我怎么感谢你
南高原之子　普驰达岭

普驰达岭啊
我的好兄弟
其实
我早就感知到了你的温热
在你一次次悉心的嘱咐里
融入了多少满满的情怀

又是一年火把节
你说你惦记着水西大地

你说你已来到水西大地
那个叫百里杜鹃的地方
你在用一颗彝人的心守候
守候那动人心魄时刻的到来

曾记得
那个灿烂的五月
杜鹃花开得正艳
你说你从北京飞来
你说你要与我相遇
那个迷人的季节啊
却让我迷醉得不能成行

而在今夜
隔着咫尺屏幕
我们用心相约
我们是离分千年的兄弟
因着祖灵的召唤
我们定然相遇
就在美丽的黔西北
那个叫百里杜鹃的地方

注：①百里杜鹃——在贵州省的毕节市，每年的五月这里开满了姹紫嫣红的杜鹃花，花海绵延百里，为国家级的风景名胜区；②普驰达岭——即普忠良，中国社科院教授，著名民族文化学者、博士、知名诗人；③偶姆阻——西南彝区东部方言彝语地名，即现在云南省的昭通市。

冬日情思

这个冬季有些漫长
厚厚的云层遮盖着阳光
我的思念
依然守候在你的路口
那个叫西昌的地方

好想有一束阳光从窗户透进来
把睡梦中的我慢慢融化
然后
让我以妙曼的姿态飞升
——融入你的世界

你还好吗
你可知道就在刚才
在一个旖旎的梦里
我们又再一次相遇
……

我已经很久没有了你的消息
或许你是很忙
忙得记不起了
邛海岸边那一袭袭醉人的风
还有湿地公园里那一枝枝美丽的芦苇花

你可要好好爱惜自己
哪怕在百忙中
也要抽空小憩一回
或许
在这片刻的空隙里
你会想起那一团团温暖的芦苇花
还有那个曾经和你慢慢散步的人

家

已不是花满枝头的时节
高远的蓝天
释放着心痛的空明
风
又一次撩起我的思绪

我知道你并不寂寞
你只是在寻找那份孤独
那份属于你自己的孤独

挥不去你的影子
你像爷爷一样温暖
你的寂寞
却注定升华不成孤独
而我的记忆
早已随风
逝在了时光的那端

阳光有些凉
秋的丰满
撩拨着孤单的记忆
那件褪了色的衬衣
贴紧着思乡的愁肠

雁的叫声
敲打着心门
遥望着来时的方向
我看见了母亲的白发
在秋风里沙沙作响

月儿就要圆了
我仿佛看见了荞麦粑的香甜
还有火塘边父亲的笑脸

好想长出一双翅膀
顷刻就飞到家乡
坐在温暖的火塘边
然后
就着一碗老酒
和父亲一起
慢慢地把秋夜拉长

龙洞山

高高的龙洞山
巍巍地耸立在县城东面
那座小小的县城
在山下静静地卧着
那泓传说中的湖水
在彝文古籍里闪着泠泠的波光

是第一次走进这座山
蜿蜒崎岖的山路
像一条长长的蛇
头在山梁的高处
尾在城市的犄角

四月的龙洞山青翠欲滴
那些知名的
和不知名的花草树木
在阳光和微风里
或蔓腰轻舒或笑脸盈盈
仿佛无数美丽的女子
叫人在不觉间便已心神荡漾

走在陡峭的山路上
心常常被提在嗓子眼里

我有些心悸目眩
而小巧玲珑的她
已然香汗淋漓

在龙洞山之巅
我看见了袅袅炊烟
也听见了“咯咯”的鸡鸣
其实
山村和城市的距离
从来就不曾遥远

回望山下
小城在山雾里若隐若现
那个玲珑的身影
早已在前方娉立

这个秋天，我看见一片红高粱

深秋的山野
浸淫在一片雨雾里
那一坡坡的庄稼
在风的身后瑟瑟发抖
透过车窗
我看见通村油路
在山野间蜿蜒

翻过一处山梁
沿着盘旋的油路而下
车窗外的雾霭渐渐散去
一阵风吹过
啊，这个秋天有些冰凉

啊！红高粱
朋友的惊呼打破了沉寂
于是
我看见了一片猩红
就在车窗外闪耀
哦，红高粱
真的是红高粱

我熟悉红高粱

我喜欢红高粱
因了那部叫《红高粱》的电影
少年时的我
总是被电影里诱人的故事迷醉

其实
黔西北没有成片的红高粱
黔西北不是红高粱的家乡
就因这部影片
红高粱成了我的最爱
成了我抹不掉的记忆

而在此刻
静静地望着那片猩红
心依旧莫名的激动
我甚至在想
在这片红高粱的深处
定然还存有着一些旖旎的风景

那一天去 A 市（组诗）

那一天去 A 市

一路颠簸
到站，下车
信步宽敞的大街
有些无聊
于是
在一道花坛沿口
铺上一张皱巴巴的卫生纸
把沉重的身躯安置

擦皮鞋的小女孩

不经意
有叽叽喳喳的声音传来
是几个擦皮鞋的小女孩
坐在特制的擦鞋箱上
面前是一把待客的椅子
你看她们的模样
一个个的小不点儿样
我敢打赌
不会有谁的年岁
能超过十一个年头

一个胖女孩
歪坐着木箱
嘴里咬着苹果
脚下的塑料袋里还剩几个橘子
“我今天擦到21块。”
嚼着甘蔗的瘦女孩应声：
“我的是24块，用了8块！”
另一个女孩没吱声
手里把玩着一叠零碎的钞票
她没有吃苹果也没嚼甘蔗
天空里温热的太阳
干涩了她漂亮的嘴

唱流行歌的背箩哥

大街上
对面的红绿灯亮了
车流停了下来
两个手舞足蹈的人
在自顾走着
他们背着箩筐
衣服沾满了灰尘
哦，原来是来城市里打拼的背箩哥

他们过了人行道
在不远处停歇
看来是多喝了几杯
想潇洒地放下箩筐
脚下却有些蹒跚
本就不宽的人行道
被他俩占领

路人绕道而行

“我的热情好像一把火，
燃烧了整个沙漠哦！”
胖背篼哥自顾唱着
瘦背篼哥吼叫起来：
“难听死了……
还是我来……
‘我们的生活充满阳光
……
我们的生活充满阳光！’”

两个背篓凑得更紧
两颗头搭在一起
相互点燃香烟
歌声
又断断续续地
弥散在山城的上空

脸颊上吻着红的女人

一辆半旧的的士停了下来
好半天没有人下来
透过车窗
两点猩红在车里闪烁
一只钱包在舞动

终于
车门被推开
一双超高跟的鞋伸出
一只空了的娃哈哈瓶子
从女人的手里飞出

一道闪亮的弧画划过城市的天空
“叭”的一声响过
娃哈哈瓶子洒脱地
在远处的大街上翻了几个筋斗

低腰衣裤
把女人的身体勒得
像一节节粗壮的藕
女人一步三回头
歪斜的帽子三番两次滑落
女人伸出了苍白的右手
在空中急急抓舞
女人脸颊上吻着的红
在偏西的阳光下闪亮

2013年的除夕夜（组诗）

2013年的除夕夜

除夕夜的小镇
天空没有月亮
隆隆的声响此起彼伏
人们的心事
被烟花“吱吱”释放

龙年的最后一个夜
人们在忙碌着
小镇不再宁静
透过飞溅的火花
一团团浓烟在翻卷
夜幔
在人们忘情的燃放中撕裂
小镇在彩色的火光中颤抖

我的大哥

大哥从远方打来电话
询问父母的健康情况
嗜酒如命的大哥啊
在这个除夕夜
神经有些被酒放大

电话铃响起的那一刻
我刚把酒杯端上
不敢贪杯
尽管要辞旧迎新
轻酌几盅就好
我一直就是这个打算
我不想被父母骂成酒鬼

电话那头传来大哥哈哈的笑声
今夜的大哥又多喝了几杯
我明白他是把父母牵挂
他也想给父母儿子的问候
只是
酒意满满的他啊
想必不敢拨打父母的电话

我的父亲母亲

我的父母年事已高
他们的身体已很羸弱
从旧社会一路走来
他们历经的沧桑太多

在那兵荒马乱的年代
一把火烧毁了父亲的梦想
而坐着轿子的母亲
在唢呐声中
抱着外公陪嫁的水烟壶
嫁进了父亲破败的家门

因为家道衰落
父亲没有被当地富反坏来批斗

反而端上了铁饭碗
就因为这样
父亲和母亲注定要两地分居
而善良的母亲
只能一个人在孤灯下操劳

一年，十年，五十年
我的父亲母亲已是风烛残年
而在我心海的深处
我的父亲母亲啊
是一艘永不沉没的船

那个远方的她

有一条路很遥远
遥远得我用尽一生也难以走到尽头
于是
在有月亮的夜晚
我常常把眼睛挂在月亮之上
想借助月的光亮
把远方的她凝望

今夜无月
这个躁动的除夕之夜
我的心被碰撞得伤痕累累
半空里闪耀的烟花
遮住了我思念的眼眸

夜已经很深
我却不能成眠
就这样守着一腔心事
就这样盼着月儿再明——

多想问问远方的她
今夜将枕着怎样的心事入梦

冬天、雨巷和故乡

冬天

冬的季节
雪花飘过心窗
在我的世界翻落成雨滴
心
被一次次敲击

那本旧书在昨天的书架
那段往事在今天的心底
不敢翻动，怕就怕
书成齑粉人变尘埃

雨巷

蜷缩在心的一隅
用肉身掩盖懦弱
那个孤寂的小屋
和那张陈旧的蛛网
结满了尘土

那条雨巷
不见了曾经的芳华
那把泛黄的油纸伞
却在记忆的深处

一遍遍
诉说着过去

故乡

打开一扇窗
我看见我的故乡
在蓝蓝的天空下
鸟儿欢唱溪水如歌

我的故乡
没有寒冷的冬天
也没有长长的雨巷
不是五月天
我却听见了
那满坡满岭的洋芋花
在晚风里歌唱

韭菜坪（外一首）

韭菜坪

登上你的峰顶
忘却了尘世的喧嚣
迎面扑来的清香
一如甜美的咂酒
让我醉在你的怀中
痴痴寻觅
总想找到那条传说中的天路
美丽的韭菜花哟
依旧灿烂芬芳

怀念夜郎

站在你的故土
冥冥中
那个古老的国度
仿佛又在了眼前
波光粼粼的液那侯池畔
彩蝶般的彝家女哟
浣洗着如羽的轻纱
而远处
隐隐传来了铜鼓的沉吟

我的阿雨买[1]

我是什么地方惹恼了你
我魂牵梦绕的阿雨买哟
你是真的生气了吗
还是伤心得连拨个电话也不愿意
就算你真的登上了北去的列车
也该在车窗里回回头呀

我的阿雨买哟
我是不在了你的心里
而你那娇柔的身子
怎能承受如此铁石的心肠
当春风徐徐走来
我只能黯然歌唱

注：①阿雨买——彝语东部方言，表姐（妹）之意。

马年，我没回老家过年

2014 年，是马年
我的老家似乎还在冬眠
远远地望着那块蓝蓝的天
依旧施放着醉人的香甜

那个温暖的火塘
撩拨着爷爷黑红的脸
那块沉睡的麦田
被挂在了父亲的心尖

走在城市的高楼间
越来越宽阔的街面
总是在我的心头堵添
我真的不想看见
这一日千里的变迁

这个春节不能站在老屋前
我的确有些愧对祖先
可是，这离家的人啊不敢思念
怕就怕
泪珠被远方的母亲用针线穿连

走在清清的小河边

偶尔有浪花飞起
那高天的流云悠闲
却被激流撕成了碎片
……

2014 年
是马年
我没回老家过年

第三部分 03

今夜月儿弯弯，我总是站在岁月的河岸；站在岁月的河岸，我时常想起那个人。时光荏苒，月缺月圆，过去了的是念想，留下来的是人生。于是，在夜深人静的时候，我把思念挂在了月梢……

站在岁月的河岸

站在岁月的河岸
我在寻找
寻找那流失的岁月
我问河岸的柳
柳却羞涩地连连摆手
沿着河的方向
那满满的忧伤
湮灭了我的念想

不要用那种眼光看着我
我并不需要别人的怜悯
我的心底流淌着滚烫的血
我的人生不差欠施舍
这些俗不可耐的奖赏啊
我将永远不会觉得稀奇

柳叶滴下了冰凉的露水
折了翅的水鸟扑打着我的眼眸
是谁在对岸歌唱
那幽怨的歌音搅痛着我的灵魂

也不要试图安慰我
我深深地明白着

青春是一条截不住的河
站在岁月的河岸
那蓝蓝的天空依旧飘着白白的云

站在岁月的河岸
回想你娇美的模样
不为别的
为只为再思一回你的容颜

美丽的索玛

漫漫乌蒙山
是你的故乡
你总是喜欢高高的山梁
在你初开的时候
是鹰带给你无尽的力量
让你在蓝天下沐浴阳光

你好顽强
你从不在乎山风的凌厉
你的筋骨
扎进了坚硬的崖石
其实你也向往
向往着梦里水乡的柔情
只是
这当口的你啊
早已迷失在了爱的旅程

哦，美丽的索玛
我最最牵心的爱人
在夜晚来临的时候
我愿意用我的寸心
默默地守候着你的芬芳

你可知道
那轮弯月早已挂在了树梢
听一曲夜莺的轻唱吧
也许从此
你再也不必去幻想
那梦里水乡的柔情

梦里花开

昨晚有些疲惫
恍惚间
我来到一个地方
那里风儿轻轻
那里月光柔柔
那里开满了漫山遍野的鲜花

我走进你的花海
你说你就住在那里
你不再怨恨那条诱惑你的蛇
你甚至感激它
是它让你尝到了爱的滋味
那么甜美，那么酣畅淋漓

静听你的诉说
我想把你紧紧拥抱
你羞红了脸
风很温柔
你却躲闪得那样迅速

哦，美丽的女人
请不要怀疑我对你的情意
我并没有受到那条蛇的蛊惑

不信你看
我爱你的心依旧在我的胸膛
不偏不倚

让我们相爱吧
我甚至可以为你丢弃掉
这副肮脏的肉身
然后用洁净的灵魂来与你相伴

哦，可爱的女人
昨晚我真的有些疲惫
而在轻柔的月光里
你动人的身影就在我的眼前
使我不愿即刻离去

我又听到了你的声音
你说这个八月
你要来黔西北
你要登上高高的韭菜坪
去那里看韭菜花
……

想起那个人

滴答的雨声
叩破了夜的宁静
我的思念漫出了心堤
今夜
又让我想起了那个人

点燃一根烟
想好好整理一回思绪
透过烟雾
我却听见了
心底无助的哭泣

我已然是不能自已
而在遥远的他乡
那个人啊
是否也如同我一样
也存有着满满的忧伤

我想在佛前求得五百年
只为那渺茫的一回牵手
就这样一个小小的请求
我的佛啊
这算不算是一种奢望

袅绕的烟雾有些苍白
雨声敲断了我的念想
我的佛啊
是谁一次次搅动我的心海
叫我一次次覆水难收

三月，我想做一只蜂蝶

三月，我想做一只蜂蝶
乘着春风
嗡嘤在你的世界

或许
你真的对我不屑一瞥
我却真真切切地属于这个季节

这个季节
我痴迷着你的芬芳还有你的热烈
哪怕天崩地裂
我也不愿和你挥手作别
我宁愿
迷失在你的怀抱，或者山野
直到灰飞烟灭

这个三月
我真的只想做一只蜂蝶

风景

带着睡梦的余香
准备洗脸、刷牙
而在挤弄牙膏的瞬间
我看见了深圳湾畔的你
在温热的海风中娉立

你是一朵美丽的杜鹃
你静静地盛开在他乡
那个潮湿的海岸
你的百褶裙是天边的云彩
……

我常常朝着你的方向
遥望，终于有一天
我闻到了你的香
那么润人心田

你问我是否已经醒来
也许，我真的一直未曾醒来
也许，这一切都只是梦境
连同在深圳湾畔的你啊
都只是我梦中的一道风景

我是该安心地去漱洗
或许在清水的涤洗里
我会渐渐醒来
然后安分地去吃饭
喝茶、思考或敲打键盘

窗外的阳光温融
我慵懒的肉身开始颤抖
我的灵魂似乎想要逃离开去
在我的脑海里左冲右突
我整个的人已然糊涂
在蓬乱的心绪里
早已扒拉不出
哪根神经才是我最最想要的弦

还是喝一瓶酸奶吧
亦或许
在酸酸甜甜的感受中
能让我品出一些鲜为人知的人生真谛

就这样默默地爱着你

和你相识的那个日子
洋芋花开了吗
已经模糊了
已经模糊了
我只依稀记得，那个日子
山上还有一些不知名的雀鸟
和杜鹃的鸣啼

那个日子啊
带着洋芋花淡淡的香
你走进了我的世界
其实
我并没有看见你婀娜的身姿
我只是在评论栏里发现了你的足迹
我知道，那不是你留给我的
那只是你
一些偶有感伤的文辞

也就是从那日起
我的心里便有了你的影子
从模糊到清晰
我知道，对于诗歌

你和我一样
也有着一种超乎寻常的疼爱

于是
我们彼此不停地交流
甚至有些肆无忌惮
我们从来不过问彼此还有多少私密
在这个浩瀚的网络世界里
今生得以相遇
这便是上天莫大的恩赐

而在那年那月那日
带着你的洋芋花香
你和我不告而别
一切都没来得及
甚至，我为你精心挑选的礼物
也被孤单地弃在抽屉
……

这个花季
山上的花儿开了
可是
那叫我牵心挂肠的洋芋花
依旧没有踪影
而在百鸟的啾啾声里
我似乎听见了杜鹃鸟在哀哀鸣啼

歌声和微笑

一个拥抱
温暖了一段真情
一腔情意
融化了千年冰雪
那涟涟的河水
在暖暖的阳光里
托载着片片云朵
而我的寸心
早已在云朵之上荡漾

你说你愿沉醉不醒
就在我温暖的怀抱
你说你已等待千年
就为那一米阳光
你用柔柔纤手
把自己挂在轮回之树
任凭风吹，雨打
历尽沧海桑田

你和云彩有个约定
就在你悠悠的心怀
那里有白云轻舞

那里有花儿盛开
而这一切啊
都和着那叮咚的泉音
偎进了你昨日的梦乡
……

甘愿舍弃
舍弃掉那尘世的浮华
还有那肮脏的肉身
用比岩石坚硬的骨头
撑起对你的虔诚

在你走过的地方
草更绿，水更清
就连那满山的花儿
也挥洒着笑脸
而那腔真情
它在彩云间轻轻歌唱

我把无名指留给你

我把无名指留给你
我想你的心依然温热
本想从此不再表露
但爱人的心啊
不允许我再行迟挨

我把无名指留给你
好让它指引你我在河岸思你的模样
你知道我一直在等你
可你那只小船啊
总是迟迟不靠我的心岸
许是我让你伤心了
我真的让你伤心了
你那动人的目光不再留念我的方向

我把无名指留给你
就用你坚利的牙来咀嚼吧
直到让我的躯体残败不堪
你就放心咀嚼吧
既然那枚婚戒我不能佩戴
这血肉做成的指啊
就让我把它留下

也许在你那里
刚好是它美丽的向往

我已然明白
我的虔诚难能叫你感动
我只好深深地祈祷
在你美丽的港湾里
我的无名指不再疼痛

怀念开满洋芋花的山坡

如果
你的双眸不再情深
我将会孤独一生
即便你留给了我全世界
我也不会因此而感到一丝的欣慰

如果
在没有你的日子里
我还会怀念着我们的过去
我的心海里依旧翻腾着你的身影
那么
是因为我对你还有着无尽的爱恋

还记得吗？就在那个五月天
我走过了你的小桥
而你
在那个开满洋芋花的山坡上
轻声歌唱

那天
你的小桥飞上了蓝天
在彩云之上，你的百褶裙
渐渐地泛起了霞光

就在霞光里
你变成了我的新娘
……

那天
在曾经开满洋芋花的山坡
我频频地向你招手
你却遥望着天边不肯回首
或许
是天边的那抹云彩
扯住了你忧伤的眼眸

你渐行渐远
看不见你眼里的柔情
我依然把思念装入你的行囊

就让我乘着那一朵云彩吧
然后
把爱恋撒向你孤单的身影

深夜情思

那个多情的花季
我遇见了多情的你
你说你有些伤痛
就为那远嫁的阿依

那个五月
你说晚霞里的洋芋花
正弥散着醉人的香
于是
你把月亮挂上了树梢
我把思念翻过了山坡

那个五月啊
明媚的阳光是月亮的梦想
走过葱茏的山梁
不再去奢望
那一树花开的芬芳

面朝你的方向
我在想着你的模样
那片蓝天下
定然有花儿开放

今夜的天空没有明月
我把思念藏进了心底
本想问候在远方的你
眼前却再一次浮起了你哀怨的模样

默默地走在心的堤岸
再一次把脚步放慢
我不敢惊扰了你的好梦啊
就让我这样远远地看着吧
就让我这样遥遥地思念吧
只是
那串足音
又一次在心底响起

又见蝴蝶飞

是一个蚕豆花香的季节
看不见麦苗的身影
而在那条温暖的巷道
你拾起了一只蝴蝶
并笑盈盈地对我说
嘿，好看吗

那是一只黑白相间的蝴蝶
它没有彩虹般的绚烂
我却在这简单朴素的颜色里
看到了生命的不朽和芳华

那条温暖的巷道依旧
你的心却在颤抖
那个黑暗的夜
一只茧从天而降把你箍得很紧
你已经透不过气来
于是你放弃了挣扎
心，在无助中渐冰渐凉

其实
那个冬天
我一直在寻觅

希望你的身影顷刻就在那里
一如我们初相遇时的模样
你依旧笑脸如花
和我诉说别后的情谊

那一天
我看见了一只蝴蝶
在明媚的阳光里翩翩起舞
而那只茧
早已在岁月的长河中飘逝

一朵美丽的花儿

今夜
夜色阑珊
这个多情的夜晚
我如期把你等待
你像一朵美丽的花儿
我的世界有你好灿烂

花开的声音很温馨
不用皎洁的月儿相伴
而在我心底
你比月光更光华
有你，我心灵剔透
一如你心的洁白，透明

我一直幸福着你的美丽
就像是阳光迷恋着鲜花
你说大凉山有你解不开的情结
那个火史山下啊
连接着你不尽的爱恋
而于我，亲爱的
嘎嫫阿妞已然走来
就在我如茵的心底

冥冥中
我听见了河水潺潺的声响
似玉露临盘般地娇艳
径自拍打着我的心扉
叫人不能入眠

遥望着你的方向
我千百次地问
就在今夜
在你长发拂过的地方
那朵美丽的花儿啊
是否还在寂寞里歌唱

那个多情的女人

那个多情的女人
傲立我的心岸
几缕笑容
倒映我的忧伤
定格了我的思念

那个多情的女人啊
注定是我一生中
遥遥无期的爱恋
她明明在我心里
却高高挂在天上

灵魂脱离了我的躯壳
那个多情的女人哟
你可否听见了
我哀怨地歌唱

许是地老天荒
那个多情的女人啊
却也只是我无尽的念想
我终归是看不见
她那温柔的目光

倒天河畔彩云飞

晚霞中的倒天河
蜿蜒穿行于高原重镇
那个叫毕节的地方
一朵云彩在低低地飘浮
也许它想变成一块毛巾
然后搭挂在爱人的肩头

四月的河岸柳绿成荫
那个撑着花阳伞的女子
如一叶小舟在人流中游弋
晚霞里花阳伞绚丽无比

河畔的公园莺飞草长
天空的云彩斑驳灿烂
暖风拂处
柳枝拨动着彩色的暮霭
那个撑着花阳伞的女子
斜靠着椅子
歌声在电话里唱响

这个醉人的傍晚
猩红的夕阳把游人拉长
听听花阳伞下的声音吧

——你猜我在想啥
——想我
——不，再猜
——猜不了啊
——还记得那个傍晚吗
那个开满洋芋花的山头
……

那一天你走了

那一天你走了
带走了我的梦想
那灿烂的索玛花
在我的心底开始枯萎

那一天你走了
风不再温柔
我的思念被你长长地牵起
像一只风筝
在天空中无助地飘摇

那一天你走了
我虔诚地祈祷
我想变成一朵云彩
托载着一生的爱恋
在你的天空
默默守望

那一天你走了
我并没有变成云彩
耳畔却传来风的声音
让她走吧
让她走吧

那一天你走了
我徘徊在萋萋河岸
我在细细寻觅
你那美丽的身影
却再也见不到

消失的笑靥（外三首）

未曾牵手
却要分手
你走向你的花圃
我回归我的山林
来不及说声再见
你的笑脸消失在我的眼眸

槐花树下

曾记得
那个月朗星稀的夜晚
那棵花香正浓的槐树下
我一个人在呢哝
你并不在那里
因为你正在电话的那头

五月天

那是一个五月天
阳光是那样的明媚
你说山那边的风很柔
地里的洋芋花好灿烂
你问我是否闻到了花香

那个五月天
你让我一直刻在了心头

誓言

大雁往南飞
一步一声鸣
你在高高的天上
你渐飞渐远
还记得我们曾经的誓言吗
我已经等了你五百年
我愿意再等你五百年

那一片云彩

带着满满的希冀
总想探寻到你的讯息
蔚蓝的天空里
却捕捉不到你的身影

静静地伫立我的心岸
默默地看着你的方向
我悄悄问自己
那一片云彩
是否还能裁成你的嫁衣

这一刻
我的世界很静
听得见心的涛声
那一波波晶莹的浪花
已然打湿了我的眼眶

一根针掉进心海
似乎有滴血的声响
那一片云彩在幽幽荡起
心
又开始伤痛

夏天的夜晚

夏天的夜晚
我打开 QQ
依旧关注着你的动向
我看见你的头像在跳
你留言说
外面的风好大
你好害怕

我知道你的孤独
在这夏天的夜
在这不安分的夜
而你又在萌动的岷江之滨

这个季节
不仅仅有诱人的生气
还有叫人静心不下的
风、雨、雷、电
比如今晚
那骤然而至的风
就叫你心慌神乱

夏天的夜晚
你沐浴过轻柔的风

还有淡淡的花香
那片皎洁的月华
总是叫你难忘
……

你说
你在等待你的梦中情人
那个愿意用一生守候你的男人
他的怀抱
是你温暖的港湾

而这个夜晚
你说
你是一叶无根的浮萍
注定着一生的漂泊
其实我知道
那个痴情的儿郎
已悄悄走入你的梦乡

我知道你累了
你真的很累了
仿佛一条疲惫的船
飘摇在生活的海洋
而在茫茫之海
你一直寻找着
寻找那个
能让你停靠的港湾

去吧，去吧
不要迟挨
快升起你的船帆

然后
朝着他的方向进发

去寻找他吧
就在这个夜晚
不要害怕
那些风声
刚好是他对你的呼唤
你就大胆朝前吧
前面的世界
定然有着灿烂的风景
……

秋天里的思念

掬一捧真情送给你
这是我多年的积蓄
让它陪你踏上南去的归途
这一片殷殷的情谊
权当是我为你买的车票
在你孤单的旅程里
它会温馨地贴在你的心口
直到下一个站台的出现

多想闻闻你的芳香
你的眼泪却让人无法靠近
我的寸心已然枯萎
我干裂的心房没有了鲜血
而远去的你是否早已感知
我这无尽的满满伤痛

天空是那样地蓝
我却开始厌倦这个世界
难道你就不曾在意
你看那广阔的天空
是否还有鹰在展翅翱翔

去吧，去吧，我的妹妹

远方定会有你美丽的梦想
就让我这枚风干的果实
独自摇曳在萧瑟的枝头

梅开的季节

梅开的季节
思念飘过了你的山头
冰雪淹没了我的肉身
那个空旷的原野
积攒了一地的寂寞

缀满花儿的枝头
守候着一腔心事
在寒风里颤动
这个季节啊
是梅
滴落了花的思念

那个美丽的山头
是我流连的地方
我总是在那里寻找
找寻你曾经的笑脸
哦，这个季节的梅花
却开得让人心伤

拾起滴落的思念
我的肉身开始腐烂
我看见梅花朵朵

哦，这个季节的梅
许你灿烂无比
却注定点不亮
我那忧伤的眼眸

思念在六冲河畔

那一天
我看见你的眼泪
一颗颗滑落
那不是眼泪啊
那是你思念的痛
你说
你想去六冲河畔
去那里寻觅你的春天

六冲河畔的柳
施放着诱人的笑
那波光粼粼的夜郎湖
盛满了香甜的酒
清澈中炫着迷离
醉落了三月的太阳

你说
你有些孤单
撑着那把细花阳伞
你伫立在河岸
渴望逢着那个
追逐蚕豆花香的儿郎

思念像一波波湖水
拍打着心岸
那个追逐花香的儿郎
他却迟迟不肯走来
而你
依旧怀着一腔痴情
候在六冲河畔

当晚风送来宿鸟的啼鸣
你的思念却不曾逝去
你的心依然炽热如从前

就这样痴痴等待
等待着那个少年
你说
如能与他相遇
你愿耗尽红颜
……

哭泣的男人

风轻轻地走来
不带走你的光亮
月光很柔
倒映一汪清泉

月光真的很柔
像温情的你
只是有些冰冷
我的血液开始倒流
那一阵心底的酸楚
是孤单的回音壁

终于有一天
美丽的月儿不再
我的心挂在了树梢
任凭在风中摇曳
像一枚斑驳的风铃

哦，我的妹妹
我为你哭泣了一千年
我的眼泪已经枯干
再也淌不出忧伤

爬上高高的韭菜坪
我在寻找那一条天路
我想上到九重天
去看看神人们的爱恋
是不是
也如同我一样
也存有满满的伤痛

这个三月

这个三月
没有了早春的萌动
桃花灿烂依然
柳枝绿了蓝天

走吧
在这个三月
我们去踏春
无边的美景
是我们涌起的春潮

这个三月
我终于牵着了你的手
你那丰腴的手啊
一如珍藏千年的凝脂
那样地润滑
那样地动人心扉

这个三月
风儿也格外香甜
而我的世界
在你的香甜里
早已泛滥成灾

这个三月啊
已走不出你的温柔
没有海誓山盟
就用我的真情吧
然后把你连同这个春天
一起好好珍藏

佛前的那一朵玫瑰

你说你静谧而安详
因我的出现
让你改变了模样
也变得躁动不安
于是
你在心底刻下了我的方向

你不分昼夜叨念我的名字
你只想直奔我而来
一如你心的方向

我的罪过已然成立
或许
我是应该在佛前忏悔
把五百年前的约定来返还

那个清灵的早晨
我来到佛堂前
我用双手捧出血红的心
我把它举过头顶
静听佛的教诲

金碧辉煌的佛堂

没有半粒尘沙
佛屈着的指
正对着我迷茫的头颅
和着咪嘛的梵音
我把心晾晒在莲花台前
而在佛光乍现的刹那
我看见一朵玫瑰
在佛前静静盛开

从此不再忧伤

就这样静静地看着你
你那美丽的身影有些孤单
透过你淡淡的笑容
我在细细地品读
你笑容背后的柔情
很温馨

你很调皮
就这样隔着荧屏
你问我是否听见了你的心跳
呵呵，我的爱人
其实就在荧屏的这一边
我早已聆听到了你的心音

你轻轻呼唤着我
是我的乳名，我的爱人
这一刻的你
倒真的像是个小母亲

我准备了两只彩色的酒杯
一只是你的，一只是我的
不用甘洌的美酒

我只想把曾经的忧伤斟满
然后我们一起举杯
从此不再忧伤

今天的你会不会再来

嘀嗒的时钟
敲开了午夜的门
夜很静
听得见血液流动的声音

坐在电脑前
木然地拉动着鼠标
总希望能搜寻到你的些许消息
荧屏上却见不到你的头像亮起

就这样重复着痴痴的寻觅
就这样坚持着傻傻的等待
其实我的心里明白
今夜的你已不会再来

一次次地打开文件夹
一张张地细数你的照片
默默地解读着
你笑容背后的无奈

今夜无眠
我不愿放弃这孤独的幸福
没有风

思念却一阵阵拂过心尖
心有些伤痛

东方露出了鱼肚白
新的一天已然开始
而在荧光屏的那一头
今天的你
会不会再来

经年心事

轻轻地回忆
不敢有一丝声息
就怕惊动了那个人
那个我曾经深爱的人
那个人啊
是我逃离不开的劫

不乞求施舍
我的思念依然
那朵悠悠的白云
它一定会为我做证

风来了
紧闭的心门
被敲打得作痛隐隐
想要逃进暗夜
晨光却破薄而来
经年的心事
早已无处躲藏

冬日的阳光有些清冷
仿佛少女嗔怪的眼神
你看那沙沙作响的竹枝

在忙不迭地摇摆
落下的
只是斑驳迷离的影子

那一夜没有月光

那一夜没有月光
我却看见你的眼里
满含着泪花
你说你把心留下来
是给我的

那一夜
天空真的没有月亮
默默地站在夜空下
看着你离去的孤单
我的心已被你带走
就在那一夜
我的爱人
我们的心彼此不在了身上

电话又如期而响
是你拨来的
就在话筒的那一端
我聆听到了你的悲伤
你说你明天就要远行
是带着我的那一寸柔心
去遥远的他乡

这一刻的我特别迷茫
尽管我也知道
你定然有着许多无奈
泪水却在心底幽幽地流淌

哦，我的爱人
就在昨天
我如一只温柔的蜜蜂
嗡嘤在你美丽的花瓣
在你娇羞的颤抖中
幸福地采摘着甜蜜

哦，我的爱人
今夜的你
是否还珍藏着昨天的笑脸

忧伤的女人

月儿冷冷地挂在天空
寂寞紧紧地绕在身旁
透过朦胧的光亮
我看见了你的忧伤
哦，美丽的女人
是谁把思念留在了你的心底
是谁把泪水挂在了你的脸颊
让你在黑夜里独自心伤

想你凄凄的模样
香甜的咂酒不再酣畅
哦，我美丽的女人
我愿用彩色的酒杯
为你把晶莹的泪珠
一颗颗收藏

火塘的火苗
舔红了我黑黑的脸庞
哦，我最最美丽的女人
请你不要再暗自忧伤
就在你孤单的身后
还有着一腔柔软的心房

当你感到寒冷的时候
请你记得
这里还有一个温暖的火塘

我不是有意闯入你心房

那一天
不小心闯入你心房
在你美丽的世界
激起了朵朵浪花
从此
你的心海涌起波澜

那一天
我的阿雨买
你说你已经喜欢上了我
你的浪花打湿了我的衣衫

天是那样地蓝
你的心却不再平静
坐在你的心岸
看你的心海翻腾
我终归是迷失了方向

总是要在你的心岸徘徊
总是找不到前行的方向
默默地望着彼岸
我在想
遥远的彼岸是否也在涌着波涛

我是真的没了方向
只是
那一朵朵美丽的浪花
在轻轻地拍打着我的心堤
向我诉说衷肠

月光依旧在梦里

这一夜
我想为你梳妆
用一颗真心把你好好打扮
直至很美
很美……

这一夜
月光依旧很美
那朵娇嫩的花儿
依旧挥洒着芬芳
夜露点点
这个夜，注定
又一次铺满香甜

我似乎听见了你的声音
你说你一直等待
等待着窗外的月光
把你带到那个温馨的地方
去沐浴绵绵细雨
和融融阳光

或许
此刻的你

在某个潮湿的地方
不用梳妆
却怀揣着甜蜜的心情
一如今晚我心的芬芳

月光依旧在梦里
而我的心事
又一次脱离开肉身
在甜美的月夜里
变成一个个甜美的回忆

追梦人

我把春天的花摘了个精光
然后铺成一条山路
就沿着这一路花香
径直走入你的梦乡

风起处
花朵卷缩了美丽的笑脸
我仿佛听见了呻吟

夜露泛着细碎的光
思念
在遥远的地方萦绕

静听你如泣的诉说
你娇楚的模样
直把我的灵魂焚烧
哦，我的爱人
让我拿什么献给你

星光躲在了云的背后
是谁褪下了如羽的轻纱
而那个追梦人
跌落在了夜的海洋

情缘

一

轻轻地你来了
是在我心灵的空间
你我的对白
没有尘世的疑虑
话题总是那样自由
你的花儿灿烂
我的笛声悠扬
我们甚至还有些过格哦
你的男人和我的女人

轻轻地你来了
就在我孤单的身旁
你我俨然一对恋人
那种久违的感觉
又神话般地降临
请不要打开窗子
星星在眨着眼呢
那皎洁的月儿似乎在偷窥着我们

二

你是渴望甘露的娇莲

我是没了方向的飞雨
你说你有太多的牵挂
我却藏着满腔的彷徨
你我天空里的彩虹
总是架不过那高高的山梁

我明白你此刻的心情
早已是不堪了孤单的重负
而那抹美丽的彩虹
原来也只是一缕幻想
只是两颗疲惫的心
最终也抚慰不了彼此哀哀的愁肠

等你

等你
没有承诺
在高高的山头
用一颗痴心
遥望你的方向

等你
把帆船靠岸
让心停泊
任凭惊涛骇浪
守望你的眼睛
却从来不曾闭上

等你
等你踏着春风
笑颜比桃花灿烂
那个温馨的日子
叫人怎能忘记

等你
在这寂寞的夜
看不见美丽的月儿
荧屏的亮光

没有温度
我依旧把心事晾晒

明朝的天空
是否还会有云彩飘过
思念的票根
已经紧贴在心口
等你
等你
哪怕思念成疾
我也想要云彩
变成你的模样

我们前生有约

我如一只漂泊的船
游弋在人生的海洋
我一直在寻觅你的身影
命运却给我开着玩笑
让我在寂寞中苦苦等待

山上的花儿开了一茬茬
勤劳的蜜蜂飞来一拨拨
跋涉在漫长的旅途
我有些许疲惫

六冲河畔的柳
拂来春的讯息
那一袭花香
醉落了我的眼眸
许是我们前生有约
今生你我得以相遇

那个美丽的早晨
我听见了花开的声音
原来是你
正踏着春的节拍
款款向我走来

而就在今夜
温馨的磨盘已然合拢
隔河穿针的故事
穿透了千年的迷障
爱在这里延续

彝人的伊甸园
香甜的葡萄缀满了藤蔓
爱佐和爱莎
在月光下歌唱

飘落在风中的忧伤

我看见你的窗台还亮着
我知道你还在灯下坐着
却总是觉得你就在我的身后
我把头转了三百六十度
回头来却什么也看不见

我是什么时候爱上了你
我问路旁的柳
它总是摇摆着不肯回答
或许你正害着羞
我听见了风的声响
那阵多情的风儿呀
早就把柳的枝条盘缠

今夜没有月光
透过夜的帷幔
我看见了你的彷徨
我是什么地方得罪了你
你何苦定要这样迁延
风真的如期而来
那枚坠落的柳叶又飘向你的窗台

就这样看着风的肆狂

就这样忍受着你的冷漠
我的世界在你的藐视中越发苍凉
哦，你的灯光终于在夜幕里消失
我的心却又一次箍紧
泪水再一次泛出了眼眶

其实我一直期盼着
期盼着你的灯光再度亮起
就如同我生命里希望的火种
永远不曾熄灭
你或许真的不知道
这一双痴迷的眼睛啊
将永远凝视着你的窗台

月光下的思念

千山间松颂的声息
在月光下
撩拨着我的心事
早就想给你写点什么
只是病痛的手难能提笔

我不想看见你的忧伤
我只想让你的世界充满阳光
你是我心底的美丽啊
就像那山顶的索玛花

那一天与你相遇
你的笑便刻在了我的心头
我吃点心也没了心肠
就着彝神古酒的芳香
我似乎又看见了那颗美丽的星星
你就是那颗美丽的星星呀
我的姑娘

许是千年的约定
说好了我们在此相遇
你对我那一瞥
让我沐浴在了你的春天

像一弯脉脉含情的水
叫我醉迷在了你的温柔

我是无法把你忘怀
就如同夜晚记挂着星辰
而在今夜
月光如水
柳枝儿也分外妖娆
我守候在思念的湖畔
没有太多的奢望
我只想把你默默念想

你的寂寞是我的忧伤

你的寂寞是我的忧伤
在静谧的夜里
我总是勾勒着你的模样
从来不曾放弃

当清风拂来的时候
我想你温馨的长发
当月儿隐在了云后
我想你娇羞的脸庞
当夜莺如梦的歌音飘来
我便想起你温暖的怀抱

我总是这样偏执
偏执到心里只有你的模样
也许此刻
你就在灯下看书
也许此刻
你在和朋友谈笑
也许此刻
你早已进入了梦乡

你许是正在寂寞
而在你的世界

定然有迷人的港湾

好想变成一条远航归来的船
然后
停靠在你的码头
静听见你忧郁的歌唱

一颗心在流浪
皎洁的月光下
那双忧伤的眼睛
原来一直就挂在我的脸上

循着花开的声音而去（组诗）

一、循着花开的声音而去

循着花开的声音
我从黔西北来
我把行囊装满梦想
你把发梢挂在天端

二月的风
吹来了你盛开的消息
我问草海的大雁
可曾看见过你娇美的模样
大雁伸长脖子
正忙着呼唤同伴

我问天边的云彩
可曾看到了你灿烂的笑脸
云彩嫌乌蒙山太高
尘世的风沙太大
它无暇作答

其实我知道
你一直就在山的那边
在等着春的来临

而那枚待放的花蕾
早已吐出了鲜红的花芯

二、离发车还有四十五分钟

我并不知道客车什么时候走
买好车票
才知道离发车时间尚早
站在不算宽敞的候车厅
有些犹豫不决
在这四十五分钟的空隙里
我是该回不远处的家
还是和其他的乘客一道
坐在候车厅里划拉手机

信步走出大厅
我看见了雲天汇
那是个茶楼
在汽车站斜对面
是我和珂哥最爱去的地方

很想约珂哥前来一道品茶
也好陪伴我这临行前的孤单
但我们之前说好了
今天
只是我一个人的旅程

茶楼的沙发很软
茶几泛着黑色的光

我依旧叫了一杯铁观音
听着舒缓的音乐
在午后的茶楼里
轻品慢啜

三、火车没有准时进站

天空飞舞着雪花
我新理的发式被肆意戏耍
走进大厅
看了看火车班次表
然后紧了紧围巾
重新回到雪花的世界
一个人在默默地等候

空旷的火车站广场
人流熙攘热闹非凡
我的行囊却有些孤单
不时有包裹严实的女人前来搭讪
火车站旁的一幢幢楼房
在飞舞的雪花中妖娆异常

信步溜达
这高原的车站确有几分姿色
那一个个温热的火炉
被一个个女人夹在胯间
她们用黑红的脸把洋芋烤得铮黄
那一炉炉的洋芋让人垂涎欲滴
而那个人却迟迟不见身影

早春的二月
高原的土地已在春风的呼唤中醒来
那一颗颗泛着嫩黄的绿芽
在土块下，在枝头间
也在飞舞的雪花里小心地探着头
仿佛一个个羞涩的少女

电话终于响起
火车的笛声也由远而近
广场开始骚动起来
透过纷纷扬扬的雪花
我看见了一朵硕大的花
在火车站的上空盈盈绽放

四、在昭通和阔别多年的朋友小聚

挎着背包随着出站的人流
我把自己放逐
天渐渐泛黑
这个叫昭通的城市
在蒙蒙细雨中灯火阑珊

几年前
我路过昭通去西昌
是普麦素古接待了我
他带我去昭阳
那里有个创作中心
那里是作家诗人的驿站
那里是文人墨客的天堂

也就是那年的那次

我认识小说家吕翼
也认识了诗人李果
还有龙飞
……

在清官亭旁
龙飞比普素麦古早来一步
他还带来了一位李姓美女
我们去了一个叫大娥彝家烧烤的地方
烧烤店里的火很旺
让人格外温热

李美女很高挑
也很漂亮，黑黑的眼眸
闪现着几分果敢
她很会唱歌，也很能喝酒
或许，这正是滇东北彝女的特质

围着精致的火锅炉
我们边喝边叙边叙边喝
普素麦古珍藏的白干
荡漾着一张张笑脸
我们喝了一杯又一杯
我们唱了一曲又一曲

五、来到向往已久的雷波

来到向往已久的雷波
四周是高高的山峰
那高高的山峰就像巨大的锅庄
把县城紧紧围绕
人们告诉我

雷波，是彝人锅庄的内涵

雷波的山很高很大
雷波的县城却很小
街道两旁没有精致的栏杆
也没有横跨的高桥
走在雷波的街道上
看不见来回奔忙的洒水车
和三三两两悠闲的城管

这个季节
油菜花开的正黄
小城的四周
那一片片的金色
在巍巍的大山下闪闪发光
远远望去
让人赏心悦目

是第一次到雷波
可是
雷波这名字在我的心底
早已生根发芽
这不是因为溪洛渡那浩大的工程
和排名世界第三的名号
实在是《雷波彝学》那本小小的书刊
是它让我结识了很多朋友，家支
甚至亲人

六、获惹家的宾馆

获惹家的宾馆
是获惹家开的

荻惹家是瓦岗寨的人
那里的杜鹃鲜艳迷人
那里的姑娘娇艳漂亮

荻惹家的宾馆面临街道
荻惹家的宾馆生意火红
只是
荻惹家的宾馆没有电梯
那晚，我们就住在六楼
这是个让人心跳加速的高度

我的体重有些超标
偏高的血压让我脸红心跳
细心的朋友要求调换
可是
荻惹家的宾馆早已爆满

七、作古的婚宴

作古结婚了
我们是奔着他的婚宴去的
作古是阿哲惹古家的老二
家里还有大哥以古
妹妹古作
和母亲阿余史作

作古家男人长得帅
作古家女人似花朵
作古家兄弟俩是美男子
作古家的女人啊
个个都是一枝花

作古的婚宴排场大
头晚杀的羊
第二天打的牛
第三天姑妈家接待
第四天舅舅家安排
这是彝人家的礼数
这是团结和睦的表达

作古的婚宴很热闹
客人来了两百桌
坨坨牛肉那个香啊
直吃得人们喊牙痛

夜幕降临的时候
酒足饭饱的人们
穿着亮丽的衣服
跳起了欢乐的舞蹈

八、收到子果莫的微信

我把在雷波的图片发进微信
那是和外教李为民家两老的合影
随即我便看到一条微信
那是侨居意大利的子果莫
她希望我能去西昌
然后
她要叫西昌的朋友
代她送我两瓶意大利红酒

子果莫是我的朋友
是从大凉山走出去的

我们无话不谈
有时也说点诗词歌赋
我从她那里知道了很多
比如米兰的教堂
比如维罗纳的石桥
……

子果莫是位彝家女
短发衬着微圆的脸
白皙的皮肤乌黑的大眼
爱着一身随意却不失时尚的衣装
所有这一切
无时不彰显着她的温柔、善良
果敢和睿智

尽管她住在阿尔卑斯山下
但我相信
这一刻的她正在异国他乡的田野上
编织着自己美丽的花环

九、在雷波遇到阿取

那天
在雷波的一家饭庄
当一个美丽的身影映入眼帘
我便觉得似曾相识
而当人们介绍她叫阿取时
我更惊诧异常
这是上天的安排呵
让我在雷波与她相遇

我和阿取认识有年
尽管只是在" 网友" 的层面
但她丰富的知识和美丽的模样
早已在我的脑海里留下了深深的印象

我知道阿取是大凉山的
但我不知道她家住哪个县
一直以来
我没问她也没说
其实
我们都不太关心这些
我们在乎的
是彼此身体里流淌着的彝人之血

那一晚
阿取带来了香甜的酒
那一晚
我们边聊边喝边喝边聊
那一晚
她那灿烂如花的笑脸
像一轮明月挂在了我的天空

怀念五月

那一天
我化成了温柔的风儿
而你却总是要逃避

那一天
我变成了一米阳光
而你却羞红着脸庞

我要怎么样才能把你拥有
在那个五月
那个阳光明媚的日子
你拨通了我的电话
你说风吹来的洋芋花好香
于是
我还听见了你醉人的歌唱

还记得吗
在那段日子里
我们的世界充满了阳光
就是偶尔涌来的雾霭
也能用美丽的心情
把我们的心灵一次次洗涤

走吧，我们一起向前
哪怕前路坎坷无比
那一座座高高的山头
一定见证着我们不朽的爱情

不要怕
也不要再逃避
就让我牵着你的手
我深深地相信着
是那段日子
铸就了
我对你磐石般的爱情

秋语

落叶的柳
摇曳着寂寞的身姿
滟滟的酒
满装着季节的羞涩
醉了金秋

站在雨巷
油纸伞在雨丝里闪亮
那个寻找丁香的儿郎
却错过了娇娘

无助的眼泪
像一朵朵忧郁的梅
满含着离别的伤悲
在风中飘飞

好想穿越了时空
依着梦的方向
去抚摸你的痛
还有你楚楚的笑容
……

岁月悠悠

思念是一江春水
千年等候，终究
只是黄土一抔

在相思河畔
柳枝挂满了轻烟
而那个曾经的儿郎
早已两鬓斑白

缘

我在六冲河畔徜徉
看天边云彩
你在岷江之滨伫立
数繁星点点

寒冷的冬季
我闻看梅花朵朵
温暖的春天
你细数柳絮飘飞
那些月圆月缺的日子
我们各自记在了心头

不要问
我是什么时候爱上了你
也不要问
你是什么时候爱上的我
其实
我们一直就在对方心里

你怎么现在才出现啊
就在来时的路口
我早已为你栽下路标
难道你就不曾看见

那棵桂花树
正指着我来时的方向

不想再回忆过去
那些无情的岁月
扯断了多少绵绵的情意
我仿佛看见了
无数忧伤的眼睛和脸庞

而这个季节
秋的果实已然挂满枝头
不用问天边的云彩
我们彼此就在眼前
……

我的阿妮买[①]

在这春暖花开的季节
轻风拂面，花香扑鼻
我的阿妮买啊
你还好吗

你可知道
我的思念像风中的片片落叶
抽打着分别后的每一个时日
我是真的记挂着你啊
而你，一直没给我你的电话
千言万语叫我无从诉说

你的橡胶林还是那么安静吗
我的阿妮买
今夜的你
一定又站在了胶树下
……

你的头上还围着那条漂亮的纱巾吗
那个骑摩托送胶水的小哥他还好吗
还有那个爱唱歌的小姑娘

忘不了你的温热

你信手做来的饭菜
是那么香甜
那一盘盘精致的小炒啊
无时无刻不在我的眼前浮现
……

我站在高高的乌蒙山顶
把目光投向彩云之南
我看见胶林里
你的身影在忽隐忽现
仿佛一叶绿海里的轻舟
那样轻盈
那样悠然

多想扯下一片白云
把它裁成温柔的毛巾
当你流下汗水的时候
就让它代我
把你亲切地亲吻

我的阿妮买啊
我等候的眼神没有干涩
我思念的心海依旧澎湃
你什么时候才能回来

春，已然到来
那多情的花朵在悠悠开放
那醉人的香啊
早已叫我心神荡漾

哦，我的阿妮买啊我的爱人
你就给我个准信吧

告诉我你来的确切消息
也好让我忧郁的心
在你要来的讯息里得到一些慰藉

注：阿妮买——彝语称呼，直译为姑妈家的女儿，在彝族东部方言里为表姐（妹）之意。

忏悔

那天我说了什么
你肯定听到了
那天我做了什么
你肯定看到了
我的心开始撕裂
淌出来的却不是鲜血

那天我吃了什么
我忘记了
那天我喝了什么
我也忘记了
而那天我嘴里说出来的
肯定不是人话

我是疯了吗
可能是
我是癫了吗
可能是
我是被鬼附身了吗
应该是
不然怎么会这样

我是真的相信你我有缘

要不
天空的雪花不会开得那么灿烂
我的心
也不会为你的一滴泪而慌乱
可是……

我知道你很伤痛
我知道我罪不可恕
而这一刻的我只想大哭一场
不为得到你的原谅
只为以泪洗礼
然后用干净的灵魂接受你的惩罚

我从不屈膝弯腰
除了父母和一脉相承的先人
可是今天
我真的想给你跪下
直跪到你不再疼痛的高度

那棵桂花树

我不想看见你穿上嫁衣
从我眼前经过
我只想把生命化成朝雾
守在你必经的路旁

你说你已醉在那头
我却在这头煎熬
你说你不堪了孤单的重负
而我却承载着寂寞的忧伤

我无时不在想念你那娇楚的模样
心底却翻腾着难言的伤痛
我是不想这样丢弃千里之外
你那双叫我牵肠挂肚的眼眸

这个清凉的夜晚
月光倾洒着思念
透过夜空
我看见了你等待的模样
而那棵桂花树
正滴落着揪心的芳华

哦，我的妹妹

你能不能告诉我
就在桂花树的枝头
是否还挂着我的忧愁

看着不语的她

看着不语的她
我放不下
这切切的思念
那幅美丽的图画
早已在心间荡漾
忘不了哦
那个骄阳融融的日子
还有那温馨的洋芋花

那个美丽的人
她已沉默不语
看着照片里她那可爱的模样
我在想，她的世界
是否还存有我的影子

夕阳西下
黄昏衍生了浮华
是一缕缕的尘烟
风的承诺
或许是蒲公英的记忆
留下的
是无尽的忧伤

走不出爱的涅槃
天际里飘动的云
带不来灵山的梵音
终于
我迷失在了她的海洋

远方

香烟被一包包撕开
又被一颗颗点燃
是谁的眼睛
在夜空中闪烁
忽远又忽近

静静地面对
缕缕曼舞的轻烟
就这样在尘烟中
默默地把时光打发

你在他乡还好吗
我问这袅袅的烟
它却忙不迭地躲闪
好惆怅

本想用烟雾把心漂洗
而枯朽的愁肠
早已不能梳理

这个夜晚没有风
而有一颗心
它却飞去了远方

你说你要去北京

你说你要去北京
是从双流机场起身
我想你登上飞机的模样
定然是十分地安宁
黑黑的眸子
早已融入了蓝天的空明

你说你要去北京
就在这个暖暖的秋日
你准备好了要携带的什物
牙膏、牙刷和精巧的口缸
还有那条美丽的百褶裙

你说你要去北京
要去看美丽雄奇的长城
还有长城下的关沟
古道和北口
且不说那长城的迷人
那些男人，那些女人
还有那些蓝眼睛的老外
他们也是一道道的风景

你说你要去北京

我幻想着你在北京的模样
或许此刻
你就在八达岭
穿着裙子
还有那双叫我不能忘记的高跟鞋

你说你要去北京
去拾取你美好的梦想
去释放你融融的情怀
而于你
于你的所有
便是我心底永远的柔情

心在米兰

在米兰的日子
你像一只快乐的鸽子
整天穿梭于古老的建筑
你的笑
是一朵灿烂的索玛
在我的眼眸中印成了一卷画册

这座从公元前四世纪走来的古城
处处散发着古朴和时尚的气息
这里有世界顶级的音乐家和设计师
就连那历时五百年建造的多摩教堂
常常也让你惊叹不已
你说那些数以千计的精美雕像
仿佛一幅幅刚出浴的神人图
叫你一次次心神荡漾

身在米兰
仿佛置身于一首旷世的神曲
那一道道漂亮的窗
和一棵棵颀长的柱子
以及一壁壁巍巍的墙
缀满着一代代人的智慧

而在你眼里的所有这些
便是一个个精美绝伦而又动听的音符

你说你喜欢米兰
不是因为她的超凡脱俗
而是因为在这里能让你的心灵
得到一次又一次的洗涤和升华

其实我也明白
你喜欢米兰
也不是因为这里有超一流的时装
更不是因为这里有闻名遐迩的歌堂
而是因为这里有一群自由的鸽子
你看
那一群鸽子正在多摩教堂的广场
自由徜徉

岩脚古镇印象（组诗）

一、岩脚古镇

初冬的古镇
阴霾里夹着一丝凉意
栏檐下的画眉半闭着眼
仿佛在回忆着六百年前的故事
雨水
以雾的形式演绎着心思

看不见十月的小阳春
而那些远山近水
和一处处红墙碧瓦
在雾霭中，像极了
一幅幅淡雅的水墨画

井然的街道
不用洒水车奔忙
精致的石板一尘不染
只是
这份清新让人微感冰凉

啊，幸好有你
让我在这微凉的世界里
有了一丝暖暖的安慰

二、廻龙溪

廻龙溪的水
在傍晚的天光中泛着碧波
清清如我
流淌一段时光和真情

轻柔的芦苇
亲吻着弯弯小径
是谁的箫音在唱
竟荡起这一河醉人的涟漪
让我迷失在了幽幽的情人谷

六百年的时光啊
数不清曾有多少双眼眸
在这里深情凝望
那一段风花雪月事
早已在石崖上刻骨铭心

三、平桥

由远而近的古道
静静地释放着孤傲
天地人的精气
在这里合拢
哦，平桥
是你呵护了古镇数百载

马帮的蹄音
轻敲着古镇的静谧
盐贩子疲惫的吆喝声
早已被水西马的喷嚏吹散
而那醉人的三合夜月

依旧在粼粼水面
轻摇着离人的乡愁

远去了
远去了
那些缠绵悱恻的记忆
早已被机器切割成碎片
我唯一放不下的
是你那袭轻柔的长衫
和那双多情的眼眸

四、三岔河

你，还是记忆里的模样
一颦一笑
总是让人痴迷
或许
你已经长生不老
而我
只是你的匆匆过客

是六百年前吗
还是这条清清的河水
那个傍晚
晚霞映红了水面
有一只船荡漾在水中央

风
轻轻地拂过你的长发
岸上有木叶声传来
你的脸有些潮红
你说

你向往那轻柔的芦苇丛
……

五、温泉

古镇的温泉
在夜晚的霓虹灯下歌唱
林荫深处
那一个个冒着白烟的池
像一个个熟透的女子

等不及宽衣解带
那一浪浪的热波
早已看穿了你佯装的腼腆
便肆无忌惮地将你揽入胸怀
让你在蚀骨噬髓的惊叫中
畅快淋漓

激情过后
你慵懒地滑到池边
水波托起你轻盈的腰肢
你的脸泛着红
像一朵出水的莲
你说你累了
一任胴体在古镇里荡漾

六、相遇

相遇岩脚古镇
你的身影依旧那样轻盈
你是一只穿越时空的蝴蝶
古镇因你更美丽

曾记得
在高高的贵州屋脊
你翩翩的身影
牵挂着几多眼眸
在那超俗脱凡的世界
你便是一朵永不凋谢的花

是该说再见了
我的手却如灌满了铅铁
任凭百般努力
但还是挥不向你
那迷人的身影

其实
我们不用挥手作别
那曲箫音
还在你长裙飘动的地方
浅唱低吟
而在缘生崖顶
我看见了一轮明月
在冉冉升起

注：岩脚古镇——即贵州省六枝特区岩脚镇，始建于明洪武年间，至今有六百多年历史。这里风景秀丽，商贸发达，古时为连接川滇黔的重要驿站。

我不想挥手作别

我不想挥手作别
泪水早已将我湮灭
春花依旧灿烂
你却那样执拗
那条幽静的花径
铺满了我的忧伤

阳春三月
我陶醉着你的芳香
你沉重的脚步
踏过我的心坎
让我在痛苦中战栗

你曾说过
我将要为你忧伤
我原本以为是一句戏言
谁知就在你的预言里
却真的隐藏着我的魔咒
我终归是逃脱不开
被你施予的迷障

难道你本是先觉先知
早就知晓了我的磨难

如若真是这样
你又怎能如此狠心
把我如草芥一般丢弃

还记得那个傍晚吧
在那清波滟滟的小河边
你像个孩子
正采撷着美丽的浪花
笑颜写满了脸颊
……

我不想挥手作别
我不想挥手作别
那个彩云满天的日子
早已和我的生命重叠

后 记

其实这本诗集早就该出了。

五年前，我就想出这本集子，不过说实话，那时候的诗歌量是够出集子了，但瑕疵一定不少！有人说文章是改出来的，我想作诗也是一样。说实话，这几年来，我对这本集子做了不少的修改和增补，在这个过程中，让我得益良多。

也许是因为自己感性的性格和对自己民族的热爱吧，总是难以按捺住血液里的一些涌动，并随之忧伤，随之欢乐。转眼间，已过不惑之年。然而，年岁的增长，并不能消磨掉曾经的记忆，那一幕幕的往事，无时不在脑海里浮现，并一直鲜活着。是那轮挂在乌蒙山的月亮，成就了我的生活，也成就了我的这本集子。这次，我从我的诗园中，采撷了九十九首“情感”类的小诗订成《乌蒙山的月亮》，算是对自己这么多年来沉迷诗海的一个安慰吧。

人生漫漫路，悠悠数十载，还是面朝我心的大海吧，相信那里依然有美丽的花儿开放，就如这本集子里的九十九首小诗，它们便是我心底那一簇簇、一支支美丽的花朵……

2013 年的七月，我受阿诺阿布的邀请，参加了在黔西县召开的“2013 中国黔西民族火把狂欢节暨毕节诗歌论坛”活动，那次活动国家文联副主席丹增来了，香港华文诗人协会会长孙重贵先生来了，还有很多很多诗歌界的佼佼者，如北塔、伊甸等等。那次活动，我认识了来自拉萨的藏族诗人丹增仁多，认识了镇宁的阿黑……

我真的很庆幸我认识的一干文朋诗友，比如云南的巴玉慧、杨红梅、张菊兰，四川的吉乃、何英和蔡英，新疆的陈红梅，山东的仲昭燕，辽宁的梦牵子矜，吉林的雅戈，河南的清泉，湖北的马踏飞燕，上海的阿松，海南的兰蔻.

珍宝，贵州的王明贵等，是他们在百忙中给我写的短评，感谢他们！他们中有的是大学教授，有的是在读大学生、研究生，有的是工程师，有的是中学教师，有的是企业管理，有的是普通职员。而他们和我都有“文学”这个共同的爱好，我想，这便是我们能成为朋友的根本原因了。

说实话，我很满足于这个立体的朋友圈，我想，倘若在诗歌创作上我有那么点心得的话，那绝对是得益于这些朋友，感谢他们！

藉此机会，请允许我向远在凉山雷波的阿取老师说声感谢，是她的倩影让我的这本集子的封面更加丰满，也更加美丽！

最后，我还要感谢我们县文化局的张建华局长等领导，没有他们的关心和支持，我的这本集子是难以付诸铅印的，阿哲在此深表感谢！

阿哲鲁仇直

2017 年 8 月于赫章